AF418955

LET ME DREAM

Épisode 1
L'autre monde

Jane Devreaux

LET ME DREAM

Épisode 1
L'autre monde

À ma maman,
partie trop vite, trop tôt,
à tous ceux qui ont rêvé
un jour d'aller mieux.

Prologue

Les vacances en famille, c'est sympa, mais c'est bien aussi quand c'est fini. Le mal de crâne du décalage horaire ne devrait plus tarder à se pointer, et pour ne rien arranger, mon père roule à vive allure, savourant la puissance de son SUV flambant neuf. Les deux semaines sans son nouveau jouet devaient être bien longues !

Et puis, je crois que lui aussi est pressé de rentrer, mais les virages me donnent la nausée. Après une heure de voie express entre l'aéroport de Genève et Neuchâtel, nous arpentons la petite route sinueuse qui mène à la maison. Plus que quelques minutes avant de retrouver la bâtisse si familière !

Ma sœur boude à mes côtés. Sa belle chevelure blonde forme un rideau devant ses yeux. À vingt ans passés, elle est bien trop grande pour ça, mais c'est un exercice dans lequel elle excelle et elle adore en abuser. Son attitude ne changera sûrement rien à la dispute qu'elle vient d'avoir au téléphone avec son petit ami, mais elle s'entête.

J'aimerais lui dire qu'elle devrait éviter de répondre à ses appels lorsque nous sommes tous dans le même véhicule, mais j'ai promis de n'ajouter aucun conflit à notre longue liste des derniers jours.

Au grand dam de nos parents, nous avons toujours été douées pour nous chamailler !

Papa tente de faire diversion, se remémore les paysages magnifiques de Bali, mais rien n'y fait, et l'air absent de Maman n'aide pas. Est-ce les nombreux changements de cette rentrée qui commencent à l'inquiéter ? Elle va devoir se faire une raison, ses filles ont bien grandi et c'est sûrement notre dernier voyage tous les quatre.

À moins qu'ils ne choisissent l'Égypte comme prochaine expédition, je compte bien éviter les aventures en famille. Le Caire, le Nil, les pyramides… c'est différent, j'en rêve depuis l'enfance.

J'ignore pourquoi, le Sphinx, Khéops, Gizeh… ont pour moi quelque chose de magique. Pour l'heure, ma future destination sera les États-Unis. C'est là-bas que je vais poursuivre mes études et mon départ est pour dans quelques jours seulement.

Line, elle rejoindra l'équipe créative de l'entreprise familiale. Là aussi, elle a boudé pendant des semaines pour obtenir le poste. Papa voulait qu'elle débute en bas de l'échelle, qu'elle gravisse seule les échelons, mais ma sœur est une chipie qui obtient toujours ce qu'elle désire et notre père a cédé. Je ne vais pas m'en plaindre alors qu'il a également accepté que je ne poursuive pas mes études dans l'orfèvrerie.

J'ai dix-huit ans, je suppose qu'il n'a pas vraiment le choix. Mais j'ose aussi espérer qu'il me comprenne. Je ne veux pas de cet héritage ancestral dont il nous bassine en permanence ! Et rien ne me fera changer d'avis.

Je chasse les souvenirs de ces conversations déprimantes et savoure le silence. Finalement, mon père a renoncé et je me retiens de taquiner notre jolie boudeuse qui lisse sa petite robe fleurie. Yann va devoir s'excuser pour qu'elle retrouve sa loquacité, alors forcément, je suis étonnée de l'entendre crier, tandis que Maman souffle :

– Attention…

Notre mère est toujours sur le qui-vive quand elle occupe le côté passager et Papa aime se moquer. Mais pas aujourd'hui. Sa réaction est rapide et brutale, il donne un violent coup de volant. Ça ne suffit pas !

Un énorme poids lourd nous heurte de plein fouet. La voiture tressaute avant de s'écraser contre la barrière de protection. Le SUV se soulève, s'arrête un instant, juste le temps de respirer, avant de plonger dans le ravin.

1
Lexie

Beaucoup pensent que l'inconscience n'est rien de plus qu'un néant terne et vide de sens. Ils ont tort. Lorsque votre corps se meurt, votre âme se libère et le monde est à vous. Dans cet univers, tout y est facile et agréable, il ne manque qu'un détail : la foule des vivants n'a pas sa place de l'autre côté. La solitude pourrait me peser, mais ce n'est pas le cas, j'aime trop ma liberté.

Parfois, le monde me rappelle, j'entends les voix que mon corps perçoit. Je n'ai jamais aucune image, mais je suppose que c'est parce que mes yeux sont fermés. Certains disent qu'il existe un moyen de se reconnecter à la réalité, mais ce moyen, je ne l'ai pas trouvé. Il faut dire aussi que je suis très occupée.

Les jours passent sans que je sois capable de les compter. Mes pensées sont embrumées, j'ai du mal à me concentrer. Mon état y est sûrement pour quelque chose, mais je ne souhaite pas m'y attarder. Pour l'heure, je préfère voyager, profiter des trésors que le monde m'offre.

La Thaïlande était splendide. Je me remémore les paysages incroyables avant de finir par les oublier. Combien de fois les images se sont-elles effacées ? Parfois, ça me contrarie, mais pas aujourd'hui. Je suis trop préoccupée pour me soucier des inconvénients de ma situation.

Ça s'est produit face au Temple d'Émeraude. Mon regard brillait par tant de beauté, mais mon cœur lui a frémi, envahi par un froid que je ne reconnaissais pas. C'est son absence qui m'a frappée en premier. J'ai failli l'oublier, moi qui m'étais promis de ne jamais l'abandonner.

Chassant cette sensation désagréable, je traverse l'immense cour de l'Hôtel-Dieu de Paris. De l'extérieur, le lieu semble désert, pourtant je sais qu'il regorge d'âmes en peine. L'entrée n'est pas plus animée, tandis que les urgences sont bondées. Je hais cet endroit, la peur y est si présente que les murs en sont imprégnés. Le désespoir est ici si puissant que parfois il me submerge. Je ne viens que pour Lucas, mais j'ai beau le chercher, je ne le vois pas.

Le long couloir terne dégage un fort relent d'antiseptique. Dire que c'est la seule odeur que je perçois encore ! J'aimerais me souvenir du parfum des fleurs, du plaisir sucré des pâtisseries tout juste sorties du four, je ne sais plus rien de ces petits bonheurs. Décidément, les hôpitaux ne sont pas bons pour mon humeur !

Les soins intensifs, bien que vivants, sont emplis d'un calme rassurant. Les gens qui s'y trouvent se sont sans doute résignés. À moins qu'ils apprécient de se laisser bercer par les murmures des êtres invisibles venus les visiter. Ici, je n'ai pas peur de m'attarder, de demander des nouvelles d'un bambin agité. Peut-être aurais-je mieux fait d'éviter ! La main froide qui enserre mon poignet me fait rapidement regretter.

— Où suis-je ? bredouille l'inconnue sans pour autant me lâcher.

C'est une femme d'une quarantaine d'années au joli regard azur et à la tenue élégante, à condition de ne pas s'attarder sur son chemisier tâché de sang. Baissant les yeux sur ses bas filés, je remarque ses escarpins griffés et ne peux m'empêcher de les lui jalouser. Mes pieds nus sont ridicules à côté et je m'en veux de ne pas avoir songé à me chausser. Si seulement, je pouvais les essayer !

Je l'ai pensé et voilà qu'ils recouvrent mes orteils. Je souris, mais elle pas du tout. Elle n'a peut-être même pas remarqué qu'elle n'avait plus de souliers. D'ailleurs, son expression est plutôt terrifiante ! C'est sûrement dû à sa tête ensanglantée et son crâne en partie enfoncé. Du sang plaque ses cheveux sombres et une oreille paraît lui manquer. C'est dégoûtant et je me retiens de grimacer, je ne souhaite pas l'affoler.

— Vous n'auriez pas vu un petit blondinet d'une huitaine d'années ? je tente, évitant délibérément sa question.

— Je suis morte ? insiste-t-elle, des larmes dans ma gorge.

Les gens ici sont désespérants ! Toujours effrayés, toujours perdus, toujours les mêmes interrogations auxquelles il vaut mieux ne pas répondre.

— Bien sûr que non ! j'élude en m'éloignant avant de ne plus pouvoir m'en débarrasser.

Il m'arrive de me sentir coupable, mais ça ne se produit plus très souvent. Sans doute me suis-je simplement lassée de fournir toujours les mêmes explications. Une âme charitable s'en occupera pour moi ! Peut-être Lucas, s'il est encore là. Et s'il était trop tard ? Mon cœur s'affole à cette idée. Son visage poupin est net dans mes pensées, mais pour combien de temps ?

J'ai peur de ne plus jamais le revoir, qu'il ait baissé les bras. C'est l'effet qu'à cet endroit, il anéantit vos espoirs, détruit peu à peu votre raison d'exister. Je ne veux pas que ça m'arrive, même si j'ai oublié pourquoi je me bats. Il faut continuer d'avancer.

Après les réanimations, je passe par le bloc opératoire. Un lieu relativement calme, mais peut-être y avait-il là-bas un être à réconforter. Lucas trouve toujours quelqu'un avec qui discuter ! Pourtant aujourd'hui, il n'est nulle part. Une angoisse naît au creux de mon estomac.

Je ne le vois pas en radiologie ni en traumatologie, pas de Lucas en pédiatrie, en gériatrie, en cancérologie, en cardiologie… il n'est plus là et la panique me gagne. Je me sens seule et désemparée, je ne sais plus où chercher. Je n'aurais jamais dû le négliger ! Sans que je comprenne pourquoi, cet enfant est indispensable à ma survie.

Ses beaux yeux terrifiés, le jour où je l'ai rencontré, reviennent me narguer. Lorsqu'un souvenir refait surface, il est violent, brutal et inattendu, il peut se volatiliser aussi vite qu'il est apparu ou me tourmenter durant des jours. Je ne sais jamais à quoi m'attendre, je suis incapable d'expliquer ces soubresauts de lucidité.

Le Louvre est un lieu que j'affectionne. Allez savoir pourquoi, je ne me rappelle pas. Depuis les toits, je contemplais la pyramide de verre, désertée de tous touristes, lorsqu'un enfant a hurlé. Il est apparu là au milieu du parvis, j'ignore ce qu'il s'est passé, toujours est-il qu'il était paniqué. Sans même hésiter, je suis descendue et je l'ai rassuré. Son petit corps gisait sur le sol tandis que l'âme que je réconfortais ne pouvait s'empêcher de l'observer, apeuré. Il régnait autour de lui une tension effrayante.

Mais comment expliquer à un enfant que son être s'est scindé en deux et que seule demeure sa conscience ? Sans les entendre, je sais qu'ils percevaient les voix affolées de ceux restés de l'autre côté. Secouristes, proches, curieux… ne faisaient qu'augmenter sa terreur.

C'était la première personne depuis des mois que je prenais dans mes bras. Ça m'a fait du bien autant qu'à lui, ça a réveillé une partie de moi que je croyais à jamais oublier. Lorsque nous nous sommes écartés, la confusion s'était dissipée et il m'a laissée le reconduire auprès des siens.

Mais alors que la voix réconfortante de sa mère et le souffle régulier de son père auraient dû suffire à le ramener, il s'est éternisé dans les couloirs de ce lieu aseptisé. J'aurais aimé lui changer les idées, lui montrer toutes les merveilles que peut offrir ce monde, mais il redoute tant que ses parents l'oublient ici qu'il préfère attendre là une vie qui semble ne plus vouloir de lui.

Après un rapide passage par sa chambre, je fais à nouveau le tour des services, je ne sais pas quoi faire d'autre, je ne peux pas le laisser là. À tout hasard, je fais un détour par la librairie, la boutique de fleurs, retraverse le hall d'entrée, avant de me décider à m'aventurer dans les bureaux administratifs. Ils sont inanimés, silencieux, mais quelqu'un s'y trouve bel et bien.

Allongé sur l'un des bancs de la salle d'admission, Lucas fixe les néons dont l'un d'eux clignote à intervalles réguliers. Étendu ainsi, il paraît avoir grandi, pourtant je sais que ce n'est pas le cas. Rien ne bouge, rien ne change ici et j'hésite à m'avancer. Il m'a sûrement repérée, mais il demeure immobile. Un pas après l'autre, je me rapproche. J'observe son jean usé, son unique tee-shirt bleu où s'alignent les superhéros Marvel.

— Qu'est-ce qui t'arrive ? je murmure en m'agenouillant près de lui, caressant ses cheveux blonds un peu trop longs.

Ses beaux yeux noisette se tournent enfin vers moi. Ils sont baignés de larmes et un froid mordant me brûle les entrailles. Je sens le pire approcher, je hais le voir hésiter.

— Ils veulent me débrancher, annonce-t-il finalement en tentant de contenir les tremblements de sa voix.

Mon cœur fait des ratés douloureux, il s'emballe, tressaute, panique. Je n'avais pas le souvenir que ça puisse faire si mal. Ici, j'ai vu mourir bien plus de personnes que n'importe qui dans sa vie, mais c'est loin d'être aussi violent qu'on peut se l'imaginer.

Ceux qui s'en vont semblent enfin heureux et sereins, ils ont le temps de dire au revoir avant de disparaître dans un halo lumineux. Ce n'est peut-être qu'une illusion, mais c'est beau. C'est réconfortant et je n'avais encore jamais souffert de ces départs.

Lucas c'est différent, il est important. Il est si jeune et si fragile, il mérite de retrouver ses parents, de récupérer une vie. Comment pourrait-il connaître le bonheur aussi loin des siens ? J'ai peur pour lui, pour moi, mais je me force à sourire, à lui mentir :

— S'ils le font, c'est sûrement que tu n'en as plus besoin. Tu vas mieux, Lucas, j'en suis certaine.

Son visage s'illumine et rien que pour ça, je ne regrette aucun mensonge.

— Tu crois ? s'étonne-t-il en se redressant, le cœur déjà plus léger.

— Pour quoi d'autre, sinon ? On ne laisse pas mourir les gens ! Tu devrais en profiter, tu vas bientôt devoir retourner à l'école, je le taquine en lui faisant des chatouilles.

Il rit et je n'ai besoin de rien d'autre. Je souhaite juste le voir heureux encore un peu, alors j'insiste :

— Viens, je t'emmène faire un tour.

— Mais pas trop loin, s'inquiète-t-il, prenant tout de même la main que je lui tends. Si je rentre bientôt, je ne veux pas me retrouver dans un endroit que je ne connais pas.

Mon sourire est forcé, mais il ne le remarque pas. Pourvu qu'il ne réalise pas que son retour n'arrivera pas et je prie aussi pour que sa fin soit belle et rapide.

En silence, nous parcourons les couloirs de l'hôpital. Nous regagnons les escaliers et les étages défilent sans nous épuiser. J'ai repéré, il y a quelques mois déjà, un accès jusqu'au toit, un endroit d'où tout Paris s'ouvre sous nos yeux. La tour Eiffel au loin, Notre-Dame, la Seine sous nos pieds, ici le monde nous appartient et j'aimerais qu'il le comprenne enfin.

Sur le mur de la cage d'escalier, j'ai punaisé les cartes postales des lieux où je suis allée, c'est de cette manière que je parviens à ne pas les oublier. Lucas adore venir les contempler, sans pour autant désirer les visiter. Aujourd'hui, il ne s'y attarde pas, il est toujours déterminé à ne pas s'éloigner.

— Je vais te montrer comme c'est bien d'être un ange, je souffle en m'approchant du bord.

Après l'avoir aidé à monter sur la corniche, je récupère sa main et son sourire m'encourage. Il a une confiance aveugle en moi, il ne devrait peut-être pas. Je me penche en avant et nos pieds quittent le sol. L'air vient fouetter nos visages, nous prenons rapidement de la vitesse, les pavés de la cour se rapprochent dangereusement, ma vision se brouille et Lucas hurle à tout rompre.

Voilà à quoi ressemble mon univers, c'est le paradis et l'enfer à la fois.

2
David

Depuis des mois, je fais semblant, depuis qu'elle est inconsciente dans cette chambre d'hôpital, je ne vis plus. Je ris quand j'ai envie de pleurer, je cours alors que je préférerais rester coucher. Même ma petite amie ne m'atteint plus, je suis avec elle, mais je ne suis pas vraiment là, elle est devenue trop superficielle pour moi. Mes amis c'est différent, je crois qu'ils comprennent, même s'ils n'en parlent pas. On fait tous comme si rien ne s'était passé.

Angélique hurle et John rit. C'est une soirée des plus banales !

J'ai eu le malheur de regarder la jolie rousse qui vient de pénétrer dans le Cbeach, le bar où nous avons nos habitudes, et depuis, ma copine est hors d'elle.

— Mais vas-y ! Qu'est-ce que tu attends ? Je suis sûre que tu as toutes tes chances !

La rouquine s'avance, se rapproche dangereusement. Elle opte pour la table juste à côté, celle qui longe la baie vitrée, qui a les fauteuils fraîchement rembourrés. C'est bien ma veine !

En même temps, comment pourrais-je le lui reprocher alors qu'elle a choisi le meilleur emplacement ? Celui où je m'installe toujours lorsque j'arrive le premier. Est-ce que mon Ange l'a remarqué ? Va-t-elle se dire que ce n'est pas un hasard ? Il me faut une diversion.

Elle sort sa Ventoline et la culpabilité pointe le bout de son nez. Deux inspirations et c'est reparti ! Je ne fais toujours rien, je suis à deux doigts d'abdiquer. Peut-être finira-t-elle par se calmer ? Au vu des flammes dans ses yeux, ce n'est pas près d'arriver, alors je tente :

— Pourquoi tu t'emballes ? Tu es cent fois mieux qu'elle !

Totalement inefficace, j'aurais dû m'en douter ! Pourtant, mon Ange est l'une de ces femmes sublimes que tous les hommes désirent, mais le feu grouille dans ses veines. J'ai beau être pompier professionnel, je n'ai aucun pouvoir quand il s'agit de combattre ce genre d'incendie. Avant, ça m'amusait, le défi me plaisait, ce n'est plus le cas à présent.

La beauté nordique qui me fait face s'agite de plus belle et ça n'a aucun effet sur moi. Pourtant, il y a deux ans, comme tous ceux qui croisaient son chemin, je n'ai pas pu résister. Elle est grande, fine, avec des formes à vous couper le souffle et pour couronner le tout, elle sait en jouer à la perfection. Ses jeux de jambes me rendent fou, cette manie qu'elle a de mordre sa lèvre pulpeuse plus encore, mais ça ne me suffit plus.

— Tu penses me faire croire que tu regardes sans être intéressé ?

Elle ne voit donc pas que je n'ai plus le cœur de lutter ? Peut-être que si Chloé se réveillait !

J'aimerais tant ne plus ressentir ce vide, je voudrais en rire avec John, mon meilleur ami. Si seulement, je pouvais retrouver ma vie d'avant ! J'attends, mais rien ne se passe. C'est sans doute ce qui exaspère tant mon Ange, elle non plus ne supporte pas de me voir ainsi, elle cherche juste à me faire réagir. Et plus elle s'emporte, plus John se moque :

— Cet enfoiré sait pertinemment qu'il n'a aucune chance quand je suis dans les parages !

C'est un grand blond au regard vairon et à la fossette ravageuse à laquelle aucune femme ne résiste. D'ailleurs, je crois que la rousse lui plaît aussi. Il ne la quitte pas des yeux et voilà qu'elle lui sourit ! Bien sûr, ça contrarie mon Ange. Elle s'imagine sûrement que la belle inconnue cherche un moyen de se rapprocher et que John en rajoute exprès pour l'agacer. Si cette nana répond à l'invitation, nous sommes foutus !

Quand Angélique est dans une colère noire, rien ne sert d'argumenter, de se défendre, d'ironiser ou de plaisanter, il suffit d'attendre et je m'en veux de l'imposer à mon pote. Lui et ma copine ne se sont jamais vraiment appréciés, il lui suffit d'ouvrir la bouche pour qu'elle devienne irritable et il ne fait aucun effort pour mesurer ses paroles.

À contrecœur, je décide d'écourter notre soirée. Mais pour entraîner mon Ange, il va me falloir trouver une sacrément bonne idée ! Je me perds un instant dans le soleil couchant qui se reflète sur la mer cannoise devant nous. Nous ne sommes qu'en février, mais le temps est relativement clément depuis quelques jours. C'est l'avantage du sud de la France, un ciel dégagé et on se croirait en été.

Je pourrais proposer à Ange une balade sur la plage ou du shopping dans le vieux port ? J'hésite, ça a peu de chance de fonctionner, mais le principal c'est que je la sorte de ce fichu bar. Je pose une main sur son épaule, m'apprête à le lui demander, à ne pas vraiment lui laisser le choix, lorsque le bip de John retentit, suivi de près par le mien.

— Sauvés par le gong ! raille mon ami en s'élançant vers la sortie avec un clin d'œil pour la rouquine.

— On en reparle plus tard, j'interromps Angélique en l'embrassant sur la joue avant de détaler à mon tour.

Mon job, c'est mon moment de répit, ma bouffée d'oxygène, les seuls instants où j'oublie Chloé et son immobilité terrifiante. J'ai bien l'intention d'en profiter, même si ça ne plaît pas à mon Ange, même si sa fureur sera pire au retour. Je l'entends crier, mais ça n'a plus vraiment d'importance. Je suis concentré sur l'instant, je ne suis plus qu'instinct et adrénaline.

Nous nous jetons en même temps dans le vieux 4x4 militaire de John. Il n'a ni toit ni portière et lorsque le froid est mordant, il vaut mieux être bien habillé. Il démarre en trombe à peine ma ceinture bouclée. Les rues défilent sous mes yeux, mes doigts sont agrippés au siège, mon cœur bat fort, mon sang pulse dans mes veines…

Je suis vivant !

C'est cette urgence qui nous rapproche, c'est ce qui fait qu'il me comprend. John est en transe, les pédales gémissent sous ses pieds, nous prenons de la vitesse, les flammes d'Angélique sont déjà loin. Enfin, je le croyais.

— Si tu continues à te laisser faire, tu vas finir eunuque !

Cette conversation, nous l'avons eue cent fois, mais c'est plus facile de parler de ma copine que de Chloé, alors il ne se gêne pas.

— Arrête ! Ange est comme ça, elle panique vite, mais elle a un bon fond.

— Ouais, moi aussi, j'apprécie le fond de son décolleté, raille-t-il en tournant au coin de la rue, mais je préférerais que tu admettes que c'est devenu invivable. Laisse-la tomber ! Elle s'en remettra, elle est asthmatique, pas cardiaque.

J'ignore comment il fait pour me sermonner et rouler aussi vite, mais il s'en sort sans difficulté et je suis presque soulagé qu'il n'ait pas levé le pied. À cette période de l'année, il faut à peine quelques minutes pour rejoindre la caserne et nous y sommes déjà. John n'a pas pris place sur le parking que je saute du véhicule pour me précipiter vers les vestiaires. C'est l'avantage de l'urgence, les conversations les plus délicates sont vite écourtées et ça m'arrange.

Le commandant Ravier est en tenue, il gueule ses informations tandis que nous nous équipons. Un incendie à l'extérieur de la ville, une vieille usine à l'abandon, ça reste l'une de mes interventions préférées. Pas ou peu de civiles en danger, juste nous et les flammes. L'adrénaline est à son comble, je suis le premier à revêtir ma combinaison de protection. En un rien de temps, nous quittons l'entrepôt, toutes sirènes hurlantes.

Le voilà mon moment de répit et je compte bien en profiter.

3
David

La fumée se repère de loin et les badauds s'agglutinent autour du site. La police est sur place, mais la foule ne cesse de s'amplifier. C'est ce qui me déplaît le plus dans mon métier : rassurer les curieux, les convaincre de s'en aller, alors je suis ravi de ne pas m'en charger.

J'attrape ma bouteille et mon masque à oxygène. Des témoins ont vu un groupe d'enfants quitter les lieux en courant et nous devons nous assurer que plus personne ne se trouve entre ces murs.

Cette mission est pour moi, j'ai négocié en chemin pour faire partie de l'expédition. Je serai de ceux au plus près du feu. John m'accompagne. Nous attendons que les premières lances viennent refroidir l'entrée, puis nous avançons. Au début, nous y allons à petites foulées, mais très vite l'épaisse fumée noire nous ralentit.

À travers la visière de son casque, je ne sais rien des expressions de son visage, mais je devine que mon pote est nerveux. Il hésite avant de poser sa main gantée sur la poignée.

À l'intérieur, tout est sombre, chaud et moite. Un brouillard dense nous empêche de distinguer clairement. L'endroit semble encombré d'un bric-à-brac monumental qui ne demande qu'à s'enflammer.

J'inspire profondément et m'imagine dans un lieu qui ne serait pas confiné. Ressent-on cette même brûlure suffocante en plein désert ? Je rêve d'un raid en Afrique ou du Dakar en Argentine. Je devrais peut-être me décider, m'éloigner de Chloé pour arrêter d'y songer. Non, ce n'est pas une bonne idée ! Je dois me concentrer.

John m'indique un escalier et appelle d'en bas. Un cri strident nous répond et je vois mon pote se figer tandis que je me précipite sans réfléchir. C'est ce que lui redoute le plus, se retrouver piégé dans l'enfer d'un incendie et dans ces cas-là, c'est mon rôle de ne pas hésiter.

Nous sommes un binôme, mes forces sont ses faiblesses et vice versa, c'est pour ça que j'aime travailler avec lui, nous nous complétons à merveille. J'avance sachant pertinemment qu'il sera bientôt derrière moi.

L'étage est plus suffocant encore et le dédale de couloirs n'a rien de rassurant. J'entends mon équipier transmettre les dernières informations et je me sens déjà mieux. J'aime savoir que quoiqu'il arrive, il sera toujours là. Sa présence est réconfortante dans mon dos et il appelle de plus belle.

La voix nous répond, faible, mais bien là. Je parcours les alentours avec ma torche et peste de ne distinguer qu'une fumée grise. Nous ne pouvons pas nous éterniser ici, alors j'insiste :

— Nous sommes là, mais nous ne te voyons pas. Dis-nous, ce que tu aperçois ? Te souviens-tu du chemin pour venir jusqu'à toi ?

J'essaie d'avoir l'air calme, alors que ce n'est pas du tout le cas. La chaleur rend l'épais tissu sur ma peau insupportable et la sueur perle dans mon dos. Notre prisonnier des flammes nous crie d'aller tout droit, le son de sa voix me guide et je suis soulagé d'avancer. Nous allons le trouver, nous sortirons bientôt !

Quelques bribes d'informations nous parviennent des talkies-walkies et je me concentre sur leur bruit plutôt que sur l'environnement sombre et étouffant. Une équipe vient d'arriver en renfort, elle s'occupe déjà de l'arrière du bâtiment.

Ça va bien se passer !

Je m'oblige à respirer lentement, à ignorer les flammes me léchant les jambes ou le sommet du casque par endroit. Je suis en enfer, dans les dunes ardentes d'un désert. Arrivés au bout du couloir, la panique me prend, je ne vois personne. C'est John qui le repère en premier.

— Il est là ! s'écrit-il en se précipitant sur lui.

Dans une allée transversale, un ado sale et épuisé rampe dans notre direction. Sa tête est ensanglantée et sa jambe forme un angle étrange, mais il respire et c'est déjà miraculeux. John l'aide à se relever tandis que je l'équipe d'un masque à oxygène et d'une couverture anti-feu.

— Ça va aller ? lui demande mon pote en l'entraînant vers la sortie.

Nous ne devons pas traîner, mais il faut d'abord nous assurer qu'il n'y a personne d'autre.

— Tu étais seul ?

— Ils m'ont abandonné.

Il y a une fêlure dans sa voix et j'ai mal pour lui, pour l'enfer qu'il vient de vivre. Ils avancent en clopinant tandis que je donne un dernier coup d'œil aux pièces environnantes. Le retour est moins aisé, il est blessé, il titube et le couloir n'est pas suffisamment large pour que nous le soutenions tous les deux.

Les escaliers sont enfin en vue, ils sont déjà sur les premières marches, mais le sol ne me laisse pas le temps de les rejoindre. Il cède sous mes pieds. Les flammes ont envahi le plancher, je perçois leur brûlure cuisante, puis la chute, la chute lente et interminable. Je crois que je crie, mais je n'en suis pas sûr. Divers obstacles ralentissent ma descente aux enfers, ils me labourent les épaules, les hanches, mais je tombe inévitablement.

Dire qu'un seul étage me sépare du sol et que la douleur de l'impact n'est toujours pas là. C'est presque si je m'impatiente, je fais des calculs en attendant. C'est une vieille usine, donc les plafonds sont forcément plus haut que la norme, mais de combien ? Cinq ou six mètres ? Ça ne devrait pas durer si longtemps ?

Je hais avoir le temps d'envisager mes blessures, la peur de ma mère quand elle l'apprendra… Et si je n'y survivais pas ? Non, je refuse de penser à ça ! Je me raccroche au désert, au sable chaud, mais tout aussi dangereux. J'aurais préféré m'égarer dans ces dunes inhospitalières plutôt que de subir cette chute interminable.

Enfin, le choc est là ! Plus violent, plus brutal que ce à quoi je m'attendais. L'air quitte mes poumons et il m'est impossible de les remplir à nouveau, je me sens sombrer. Les lueurs éclatantes de l'incendie font bientôt place à un noir profond. Je ne vois plus rien et mes autres sens se développent.

L'odeur de suie envahit ma bouche et mes narines, chaque parcelle de ma peau me brûle plus intensément, le chuchotis des flammes hurle à mes oreilles, moqueuse et insatiable. C'est la fin, j'en suis certain ! Je ne mourrai pas de soif dans une immensité ocre, mais de peur au cœur d'un feu ardent.

Puis, le sol se dérobe de nouveau, m'entraîne dans une nouvelle chute vertigineuse, laissant mes tripes au passage. Je ne ressens plus rien ni mes poumons suffocants ni mes membres douloureux, je ne peux plus bouger, pourtant mes paupières papillonnent comme pour s'adapter à une clarté nouvelle.

C'est surprenant de réaliser que ce simple geste est à ma portée tandis que tout le reste m'échappe peu à peu. Tout est bleu autour de moi, comme si je volais et que le ciel m'entourait. Il semble faire incroyablement beau, alors que la nuit est censée tomber bientôt. La chaleur se fait moins insupportable, l'air devient même respirable et je continue de chuter…

4
Lexie

Lucas a tenu à retourner dans sa chambre et je me reproche encore de l'avoir abandonné là-bas. J'aurais dû l'emmener avec moi, mais s'il me voyait suffoquer, il risquerait de s'inquiéter. Il valait mieux m'éloigner avant de trahir mon désarroi.

Dire qu'il disparaîtra bientôt !

Mon cœur se serre rien que d'y penser, je pleure pour tout ce qu'il ne vivra pas. Aucun enfant ne devrait affronter la mort ! Je hurle ma rage et ma colère contre la vie. Puis je m'oblige à me calmer, je sèche mes larmes du revers de la main.

Avant qu'il ne s'en aille, je veux le serrer dans mes bras et lui rappeler que je ne l'oublierai pas. Je prends une profonde inspiration, contemple le paysage magnifique pour ne plus songer au pire.

Le majestueux Sphinx de Gizeh se dresse fièrement devant moi. À ma gauche se trouvent Khéops et Khéphren, à ma droite le Sahara… Encore un rapport aux pyramides que je ne m'explique pas ! Les dunes reflètent des mirages dans le lointain, provoqués par un ciel toujours d'un bleu éclatant. C'est un décor fantastique où tout n'est qu'ombre et lumière éblouissante.

Une dernière fois, je tente de faire le vide, adossée à l'une des pyramides plus petite dont je ne me souviens plus du nom. Je fixe l'horizon en imaginant la brise sur ma peau, la chaleur ardente que je ne ressens plus. C'est là que je l'ai vu, au moment exact où je me décidais à rentrer.

Ce n'était au début qu'un point sombre dans le bleu limpide du ciel, puis la tâche a grossi en se rapprochant dangereusement du sol, jusqu'à provoquer un bruit sec sur le sable brûlant. Je songe d'abord à un météore, un satellite, à tout ce qui pourrait venir de là-haut et qui ne devrait pas s'échouer là.

J'envisage même Superman, sans me souvenir de ce qui peut bien me rappeler ce personnage de fiction. Lucas m'en a peut-être parlé ? Il aime les héros, mais je ne suis pas sûre que Superman fasse partie de ses préférés. Et puis, qu'est-ce qu'un superhéros ferait ici ? J'hésite, je devrais peut-être me méfier, mais la curiosité l'emporte.

Lentement, je m'approche. Mon cœur bat à tout rompre en réalisant que la chose bouge encore, émet des geignements sonores. Et s'il s'agissait d'un ange échoué ? Un ange qui s'est vu refuser le paradis de la même manière que moi. Mais ses vêtements sont sombres et sa peau couverte de suie. Un démon serait peut-être plus probable, mais les démons ne tombent pas du ciel ?

J'aurais sûrement dû faire demi-tour, je continue d'avancer. Je le distingue plus clairement à présent. Son costume n'est pas noir, mais marine et aux bandes réfléchissantes sur son torse je devine qu'il s'agit d'un combattant du feu. Un pompier qui a opté pour un endroit tout aussi brûlant que l'environnement où il se trouvait sûrement. Surprenant.

Il éveille ma curiosité et je suis fière de ne m'être pas complètement trompée à son sujet. C'est un héros d'une certaine façon, ça plairait à Lucas. Lucas. Lui aussi a besoin de moi, je ne devrais pas traîner là, pourtant, je m'approche encore.

Le pompier passe les mains sur son visage, grogne de plus belle en tentant de se redresser, puis il m'aperçoit et se fige. Ses grands yeux étonnés, plus gris que bleus, ressortent sur sa peau sale, ses cheveux châtains sont en bataille, il a de belles lèvres bien charnues, ses traits sont harmonieux, inexpressifs et je me surprends à me demander à quoi il pense.

Qu'est-ce qu'il fait là ? Ce n'est pas dans mes habitudes de m'interroger sur ceux qui croisent mon chemin, mais lui est différent. Il n'est pas effrayé, il n'a pas peur comme tous les autres, il reste immobile comme s'il attendait quelque chose de moi, alors je romps le silence :

— Ça va ?

— Je… je suis mort ?

J'avoue, je suis déçue, j'espérais mieux. Même si sa fin ne semble pas le terrifier, j'aurais apprécié qu'il trouve plus perspicace et je m'emporte :

— Pourquoi faut-il que tout le monde me pose cette question ?

5
David

Lorsque je suis tombé, je n'étais que douleur. Chaque muscle me torturait, chaque inspiration me mettait au supplice, mais j'étais en vie et c'était le principal. À présent, je suis debout et mon corps oublie peu à peu le traumatisme de sa chute. J'avoue, je suis surpris de m'en remettre si vite, mais ce n'est pas le plus déconcertant.

John, les flammes, l'entrepôt, la nuit… se sont envolés, remplacés par un ciel sans nuages, un désert de sable blanc, et une jeune femme étrange qui me fixe de son regard d'un vert soutenu comme je n'en ai jamais vu. Elle porte un ensemble clair, elle est apparue tel un ange avec ses longs cheveux châtains qui ondulent librement dans le vent.

Sérieusement, elle n'a rien trouvé de mieux que de se moquer de moi ! Un ange peut-il faire preuve de tant de malice ?

Mon cœur se glace, envisage le pire. Peut-on sentir son corps frémir même dans la mort ? Rien ne me paraît cohérent. J'ai pris un sacré coup sur la tête, c'est la seule explication, je suis en plein cauchemar, je délire… Mais alors pourquoi tout me semble-t-il si réel ?

Je viens de parcourir des milliers de kilomètres sans même m'en rendre compte. À moins qu'on ait inventé la téléportation, c'est tout bonnement impossible. Peut-être ai-je oublié avoir entrepris ce périple ? L'amnésie est une éventualité. Le soleil tape fort, ça serait plausible, mais elle… qui est-elle ? L'aurais-je oublié elle aussi ? Et pourquoi paraît-elle s'agacer de ma réaction ?

— Tu es simplement inconscient, finit-elle par lâcher dans un souffle irrité.

Inconscient ? J'observe mon corps recouvert de mon équipement anti-feu, mes membres noircies se mouvant aisément. Ma tenue ne colle pas au trek en plein désert, pourtant je sens bien que chaque parcelle de mon être est présente.

Elle se trompe, je ne suis ni en train de rêver ni d'halluciner. Mais voilà qu'elle s'impatiente :

— Si tu te concentres, tu devrais les entendre s'agiter autour de toi. Ils doivent te ranimer, à moins qu'il y ait des dégâts plus urgents.

Elle me détaille en le disant, comme si elle cherchait sur moi d'éventuelles lésions. Cette nana est complètement cinglée et je refuse de me laisser entraîner dans sa folie. Mon corps va bien, je le vois, je le sens. Je voudrais m'offusquer, m'emporter, mais elle m'observe comme un enfant incapable de réaliser une simple addition.

Ses doigts se posent sur les miens et je frémis. Je perçois son contact, ses mains douces et tièdes. C'est plus tendre, plus intense que tout ce que j'ai éprouvé auparavant, son regard vert me scrute et ça perturbe mes sens. Elle a tort, je ne suis pas inconscient. Est-ce que je la sentirais si elle n'était qu'une illusion ? Et pourquoi rêver de quelqu'un que je n'ai jamais rencontré ?

— Ferme les yeux, murmure-t-elle, respire lentement, sens tes poumons se gonfler doucement, laisse l'air quitter ta bouche… Tu les entends ?

Trop perturbé pour protester, je suis son exemple. L'air tiède apaise mes tensions, mon cœur ralentit, mes sens sont aux aguets…

Soudain, elle n'est plus là. Mon ange gardien s'est envolé, je suis de retour en enfer. Je peine à respirer, j'ai chaud, j'ai froid, j'ai mal de partout. La voix de John réveille mes angoisses : « *Allez mon vieux, tiens le coup, on va te sortir de là* ». Celle du commandant n'arrange rien : « *Installez-le sur la civière* ».

Je les sens s'agiter autour de moi, me déplacer délicatement. De nouvelles voix hurlent à mes oreilles : « *Il a un trauma crânien* », « *Mettez-le sous perf, bordel !* », « *Prévenez les urgences qu'on arrive* »… La douleur revient plus insoutenable encore, la peur, le stress aussi… Je comprends maintenant pourquoi j'ai préféré m'évader, mais je veux rentrer à présent, je veux les retrouver.

Je rouvre les yeux, prêt à leur prouver que je suis avec eux. J'y crois, je les sens, pourtant ça ne suffit pas. La sensation s'éloigne déjà, je ne souffre plus, je ne suis plus entouré de mes coéquipiers. L'ocre des dunes, le bleu du ciel emplissent ma vue… Et elle, elle qui me scrute intensément.

— Que s'est-il passé ? je murmure, davantage pour moi que pour cet ange démoniaque.

Je hais qu'elle s'en amuse, pire qu'elle rompt le contact. Son pas en arrière est comme un océan entre nous. Le vide de la solitude me prend par surprise.

— Comment le saurais-je, je n'étais pas avec toi.

Décidément, cette nana me rend dingue !

— Tu es bien là, tu devrais les entendre aussi ?

Alors que je m'emporte, je me rapproche et le regrette aussitôt. Elle est si petite à mes côtés et elle sent merveilleusement bon, un mélange de fraise et de citron. Est-ce normal de percevoir son odeur quand je ne suis pas censé être auprès d'elle ? Je l'interrogerais bien si elle ne se moquait pas déjà de moi.

— Tu n'as toujours pas compris ? Nous ne sommes là ni l'un ni l'autre.

Alors, vas-y, explique-moi ! Comment puis-je percevoir ton corps qui me frôle un peu partout, ton souffle qui me chatouille le cou et tes beaux yeux verts qui me rendent fou ?

— Peut-être, mais ça y ressemble et j'ignore comment rentrer chez moi !

Elle ricane et je rêve de la malmener en retour, de la bousculer comme lorsque j'étais enfant et qu'un camarade me taquinait. Elle fait vraiment ressortir mes pires travers !

— Tu crois que je serais encore là si je savais comment ça fonctionne ?

Sa réponse me surprend et je me fige un instant. J'aimerais lire de la confusion dans ses yeux clairs, je voudrais qu'elle m'avoue être perdue elle aussi, parce que son amusement lui ne m'aide pas.

— Ça t'arrive d'être sympa ?

Elle souffle bruyamment et me gratifie de l'une de ses répliques énigmatiques :

— Tu n'as qu'à penser à l'endroit où tu veux être et tu y seras.

Plus de détails ne seraient pas du luxe, mais pour une raison qui m'échappe, elle reste avare en précision. À mon tour, j'inspire profondément et ferme les yeux. Je visualise le bâtiment en feu, le chemin qu'ils emprunteront sûrement pour me conduire à l'hôpital, je ressens la nuit et le froid.

Les voix reviennent, je perçois le hurlement des sirènes du camion, les secousses de la route, l'agitation dans l'habitacle. La forte odeur de brûlé et de suie après une telle intervention emplit mes narines. Une main enserre mes doigts, un masque à oxygène recouvre ma bouche et mon nez… Je sens la pression du tensiomètre sur mon bras, l'effet des tranquillisants qui rendent mon corps groggy…

Je suis revenu, j'y crois ! Je rouvre les yeux prêt à affronter mes collègues, j'imagine déjà leurs visages stressés, fatigués. Ce n'est pas eux que je retrouve, mais le sourire ingénu d'une créature plus qu'agaçante.

— Toujours là ? raille-t-elle en se mordant la lèvre inférieure comme si elle pouvait réellement se retenir de rire. On dirait que tu n'as pas encore compris le truc !

Cette fois-ci, c'est fait, je disjoncte.

— Tu n'en as pas marre de te ficher de moi ? je gueule en tournant les talons pour tracer ma route.

Plutôt que de me défouler sur elle, il vaut mieux que je m'éloigne. Je trouverai bien comment rentrer sans elle. Une âme charitable et plus aimable ne devrait pas être si compliquée à dégoter. J'inspecte les alentours. Partout, il n'y a que du sable, j'ignore quelle direction emprunter, mais marcher aura au moins le mérite de me calmer.

6
David

Un seul mot emplit mes pensées : inconscient.

Inconscient, inconscient, inconscient...

Je suis aux portes de la mort à l'autre bout du monde ! Ça me paraît inconcevable, irréel, il y a forcément une autre explication. Je vais trouver une solution, un peu de solitude pour réfléchir à ma situation devrait suffire à régler la question.

J'ai un bon rythme, j'avance et je suis soulagé de mettre le plus de distance possible entre cette folle et moi. Un coin tranquille, c'est tout ce dont j'ai besoin. Le creux d'une dune, un gros rocher pour m'abriter, n'importe quoi fera l'affaire.

Marcher me fait du bien, ne plus l'avoir dans mon champ de vision davantage. Je continue de m'éloigner sans oser me retourner, je m'interroge sur ses pensées. Se moque-t-elle encore de moi ? Est-elle déjà loin ? M'a-t-elle oublié ?

Je songe à mon ange rebelle et à nouveau, elle se dresse fièrement devant moi. J'ai un mouvement de recul, je ne comprends pas. Comment a-t-elle fait ça ? C'est sûr, c'est un cauchemar ! Cette fois-ci, je doute vraiment. Elle est apparue tel un mirage, elle est belle, ses longs cheveux flottent dans la brise légère et je me surprends à apprécier le spectacle. Le soleil pourrait-il être responsable de ces hallucinations ?

— Tu n'y parviendras jamais… D'abord parce que tu t'apprêtes à t'engouffrer au cœur du Sahara… Et puis, tu auras certainement oublié ta destination avant même d'y arriver.

La fêlure dans sa voix, la douleur dans ses yeux ont un je ne sais quoi de déstabilisant. Elle n'a plus rien d'une folle hystérique, c'est une âme blessée, écorchée qui déclenche en moi tout un flot d'émotion. J'aimerais tellement qu'elle se trompe.

— Comment oublierai-je d'où je viens, ceux qui se battent pour que je vive ?

Je pensais que mes protestations réveilleraient la petite ingénue qui me rend fou depuis le début, mais elle semble s'être envolée et la jolie jeune femme au regard émeraude si plein de tourment me plaît étrangement.

— Moi aussi j'ai atterri ici, je ne sais même plus quand c'était. J'ai erré dans le désert pendant des jours avant de découvrir que j'étais aux portes de Gizeh. J'ai cru être punie pour une raison que j'ai oubliée aujourd'hui. Et lorsque j'ai fini par lâcher prise, désespérée, j'ai réalisé que je ne savais même plus qui j'étais et où j'allais... La mémoire ici est sélective, les détails insignifiants demeurent tandis que les évènements importants s'évaporent. Il te faudrait beaucoup de chance pour retrouver ton chemin avant de te perdre à ton tour.

Ses mots sont douloureux, terrifiants, il est facile d'imaginer ce qu'elle a enduré, l'enfer que représente pour elle cet endroit. Mon cœur tambourine, il rêve d'une échappatoire. Je suis paumé comme elle et j'ai peur de ne jamais rentrer.

— Alors, aide-moi.

J'y crois, j'espère. Elle n'a pas eu la chance de trouver quelqu'un pour la guider, mais elle est là et je prie pour que ce ne soit pas un hasard. Je fais même un pas vers elle. Mon geste lui déclenche un frisson, elle secoue la tête pour m'inciter à renoncer et je me fige en redoutant de la voir se volatiliser. Comment m'y prendre pour la convaincre de ne pas m'abandonner ? Je cherche encore la bonne idée, lorsqu'un nouveau sourire illumine son visage angélique. La diablesse est de retour.

— Tu n'as pas trop chaud ?

Mon Dieu, mais d'où sort-elle ?

— Tu sais que tu es vraiment exaspérante !

Sa main se pose sur ma poitrine et elle sourit de plus belle. L'effet de son contact est décidément surprenant ! Je ne sens plus le poids de mes vêtements, l'air frais caresse ma peau, je ne suis plus qu'en boxer et elle profite du spectacle.

— Mmmh, joli tatouage.

Je me penche sur ma poitrine où est représentée une créature ailée encerclée par des flammes épaisses remontant sur mon épaule. Je suis encore couvert de suie, mais mes fringues ont disparu.

— Comment t'as fait ça ? je grogne en réajustant mon unique vêtement que je trouve soudain un peu étroit.

— C'est quoi ton style ? Plutôt décontracté ? Classique ? Rock ? Punk ? Coincé du dimanche ?

Bien sûr, elle se délecte de la situation, ne se gêne pas pour se rincer l'œil au passage. Et en un geste délicat, me frôle et je ne suis plus à poils. Une chemise blanche est entrouverte sur mon torse encore sale, elle l'a agrémentée d'un short rayé bleu et vert coupé aux genoux.

— Je suis censé être un coincé du dimanche ?

Elle glousse et je trouve ce son merveilleux, je crois que je lui rends même son sourire. Cette créature m'a envoûté !

— Ça te va bien.

— Je n'aurais jamais choisi cette tenue, je proteste gentiment.

— Alors, vas-y, change-le. Rien n'est réel ici. Imagine et tu obtiendras tout ce que tu désires, tu n'as pas besoin de moi.

C'est bête, mais je commence à comprendre. Ce n'est qu'un rêve. Même s'il est étrangement réel, je peux en faire ce que je veux et ça me plaît. Je ne songe plus à ce qui pourrait m'arriver, à ma famille et mon passé, je suis là avec elle et j'ai envie d'en profiter, je regretterais presque que son sourire se soit envolé.

Elle paraît tendre l'oreille, ne pas apprécier ce qu'elle entend, pourtant le silence nous entourant est éloquent. Son regard se remplit d'une tristesse infinie et mon cœur y réagit violemment.

— Je reviens, souffle-t-elle en grimaçant.

Et sans me laisser le temps de protester, elle disparaît. J'aimerais savoir où elle va, ce qui la rend si malheureuse, et je me surprends à tourner en rond en l'attendant. C'est peut-être étonnant, mais je veux qu'elle revienne, je veux qu'elle me sourie à nouveau, je m'impatiente même de ne pas la voir réapparaître.

Le sable chaud caresse mes pieds nus, c'est agréable et inattendu, c'est le genre de détails auxquels on ne s'attarde pas dans un songe, et je me penche pour sentir les grains fins filer entre mes doigts.

Tout est si vrai ici !

Je lève les yeux et le soleil m'éblouit. Il me faudrait des lunettes teintées et je me souviens qu'il me suffit de les désirer. Je tends la main, me concentre et ai envie de rire en les voyant apparaître. Il ne manque qu'un témoin de mon exploit !

C'est incroyable et enivrant, je n'ai pas beaucoup d'effort à fournir pour retrouver mon tee-shirt préféré et l'un des vieux jeans que j'ai toujours adorés. Dans d'autres circonstances, le tissu épais aurait collé ma peau, mais là, il ne me gêne pas. C'est sans doute le seul détail qui manque de réalisme, parce que si j'étais en plein désert, je serais en nage, je suffoquerais sous les rayons brûlants.

Est-ce elle qui en a décidé ainsi ? Est-elle la gardienne de mes songes ou quelques autres créatures dont j'ignorais l'existence ? Une fois de plus, j'y pense et elle est de retour. Elle a retrouvé son sourire, même s'il n'est que de façade.

— Bon, où veux-tu aller ? souffle-t-elle en détaillant ma tenue d'un œil appréciateur.

Il semblerait que ma petite diablesse soit d'humeur changeante et je me demande pourquoi ça me déstabilise tant. Je hais l'idée qu'elle cherche à se débarrasser de moi, j'hésite, profiter de ce rêve ne me tente plus tant que ça.

— Ils vont certainement m'emmener au centre hospitalier de Cannes.

— Cannes ? C'est un bel endroit, je ne crois pas y être déjà allée.

Elle a retrouvé sa malice et ça ne fait que me perturber davantage, elle me tend la main, mais je doute à nouveau. Cette nana est vraiment étrange et je déteste songer qu'elle se joue encore de moi.

— Tu ne veux pas que je t'accompagne ? insiste-t-elle.

Je me force à lui sourire, je m'oblige à entrelacer mes doigts aux siens. Sa main est minuscule dans la mienne, sa peau est douce et la sentir a quelque chose de surréaliste. Chaque contact est plus intense que le précédent, je vacille, tout devient trouble autour de nous, c'est comme si nous volions sans pour autant bouger. Mon cœur et mon corps sont désorientés et je me raccroche à elle, je l'enlace et elle frémit. Mon regard plonge dans le sien et je crois y voir de la peur. Elle me repousse et je me ressaisis.

7
David

Je suis désorienté, déstabilisé, les dunes et le soleil ont fait place aux couloirs blancs. Ma vision peine à s'adapter, mon corps réclame sa présence. Ma belle ingénue n'est plus contre moi, elle me détaille étrangement, comme si elle redoutait ma réaction. Mes bras sont parcourus de frisson, le sol est froid sous mes pieds nus, j'ai du mal à réaliser. J'observe le hall d'entrée de l'hôpital désert de tous visiteurs, j'ignore quoi en penser.

Je suis rentré !

Le retour à la réalité est brutal, je suis paralysé sur place, je peine à me décider. Lorsque je me serai éloigné, deviendra-t-elle un rêve oublié ? Soudain, ça n'a plus vraiment d'importance, je songe à ma mère, à ma vie, à mes amis et ma décision est prise. Je me précipite vers les urgences, je sais exactement où aller, je suis habitué.

La salle d'attente est vide de tous patients, il n'y a personne à la réception, personne pour m'empêcher de rejoindre le couloir où s'enfile une vingtaine de salles d'examen. J'hésite, j'avance plus lentement, ce n'est pas réel, l'ambiance est différente.

Pourtant, je continue, je suis incapable de renoncer. Méthodiquement, je parcours chaque pièce à la recherche de… De quoi au juste ? Mes coéquipiers ? Mon corps ? C'est surréaliste, mais je m'entête, je veux retrouver ma vie, la normalité rassurante. Mon cœur n'a jamais battu aussi fort.

Seules deux salles sont occupées. L'une d'elles par un jeune homme d'une vingtaine d'années semblant sérieusement amoché. Son visage est déformé par les ecchymoses et ses bras couverts de sang, il ne me regarde pas, il est figé sur place, pétrifié par la vision d'horreur que lui offre son propre corps.

Dans une pièce un peu plus loin, une femme âgée en chemise de nuit contemple son double paisiblement endormi et je me surprends à l'envier, elle n'a pas eu à se chercher. Pourquoi me suis-je échoué à l'autre bout du monde ? Le hasard n'existe pas, ça me semble soudain évident. À nouveau, j'hésite. Peut-être ne devrais-je pas découvrir mon corps abîmé ? Puis, je la vois et plus rien n'a d'importance.

Elle est assise sur un banc dans le même ensemble très élégant que cette nuit-là, cette horrible soirée, il y a plus de six mois, où un chauffard l'a percutée. Des larmes me brûlent les yeux, je n'avais pas conscience qu'elle me manquait tant avant de la découvrir là. Pourtant, je lui ai rendu visite la veille, mais allongée dans un lit, inconsciente, c'est tellement différent. Je m'approche, je lui souris, je n'ai jamais été aussi fébrile de ma vie.

— Chloé, je murmure en m'agenouillant près d'elle.

J'attends sa réaction, l'étincelle dans ses beaux yeux gris. Rien ne se passe. C'est comme si je n'étais pas là. Elle fixe cette porte obstinément close espérant quelqu'un qui ne viendra pas. J'hésite à la secouer, j'aimerais qu'elle me voie, qu'elle me dise qu'elle va bien.

Même si ce n'est qu'un rêve, j'ai besoin de son sourire, de son attention, je l'espère depuis si longtemps. Doucement, je lui prends la main, lui caresse la joue, m'avance davantage pour qu'elle ne distingue que moi, qu'elle n'ait plus le choix, mais rien ne se produit.

— Chloé, c'est David, je suis venu te chercher. Tu vois, je ne t'ai pas abandonnée, on va rentrer à la maison tous les deux. Tu veux bien ?

Mes mains enserrent maintenant ses fines épaules, je hais la sentir si malléable entre mes doigts. Sa tête dodeline en suivant le mouvement de mes bras qui la malmènent machinalement. Ce n'est qu'une poupée de chiffon et peu à peu le rêve devient cauchemar. Lorsqu'une main m'empêche de sombrer.

— Elle n'est pas vraiment là.

Ma diablesse est à mes côtés sans que je l'aie vue approcher. Ma peau s'électrise au contact de ses doigts et je frémis au son de sa voix compatissante, de ses mots qui ne signifient rien pour moi. Ce n'est qu'une illusion, je l'ai bien compris, mais j'ai besoin qu'elle m'explique clairement.

— Qu'est-ce que ça veut dire ? Elle est là, je la vois, je la sens, elle est avec nous !

Pourquoi est-ce si réel ? Pourquoi rêver de Chloé ? Pourquoi avec elle, dans cet état ? Et qu'est-ce que cette inconnue fait dans tout ça ?

— Certains disent qu'on devient ainsi lorsqu'on passe trop de temps concentré sur ce qu'il y a de l'autre côté. C'est plutôt bon signe, c'est qu'elle désire y retourner. Si tu restes dans le coin, tu verras qu'il y en a beaucoup comme elle.

La douceur de ses gestes, la tendresse de ses mots ne lui ressemblent pas, et la main qu'elle me tend encore moins. Elle veut m'éloigner de Chloé, comme si je pouvais la blesser.

— Alors, je ne peux rien faire pour elle ?

Elle grimace et je déteste ça, je déteste qu'elle détourne mon attention :

— J'ai trouvé ton corps, ils sont en pleine opération. Tu devrais bientôt aller mieux, tu pourrais être rentré pour l'accueillir de l'autre côté.

Ça fait des mois que je patiente, s'en doute-t-elle seulement ? Je n'en peux plus de me savoir impuissant ! Ses doigts s'entrelacent aux miens, elle tente de m'entraîner plus loin, dans une partie du bâtiment où je n'ai jamais mis les pieds, mais je résiste.

— Je veux l'emmener avec moi, je m'entends protester comme un enfant à qui l'on refuse un jouet en particulier.

Elle souffle bruyamment, mais ne lâche pas prise pour autant. Pourquoi m'empêcher de retourner auprès de Chloé ?

– Non ! Tu ne peux pas, ça pourrait la désorienter. Si tu veux qu'elle s'en sorte, il ne faut pas l'éloigner de sa réalité.

Ses yeux verts sont emplis d'une colère incompréhensible, elle doit lutter pour m'éviter de m'approcher. Pourquoi se soucier d'un être qu'elle n'avait jamais rencontré ? Ses mains s'agrippent à mes bras, mais je suis plus fort qu'elle et je finis par l'entraîner avec moi.

– Je l'ai enfin retrouvée, je ne peux pas l'abandonner là !

Le regard vide de Chloé m'arrache le cœur, mes hurlements ne lui déclenchent aucune réaction. J'aimerais tant la prendre dans mes bras, mais ce n'est pas elle que je serre fort. Mon ange maléfique allait chuter si je ne la retenais pas. Son doux parfum fruité m'enivre et je savoure son corps chaud contre le mien.

– Ne m'oblige pas à te renvoyer dans le désert.

Ce n'était qu'un murmure, une injonction sans conviction. Nous nous dévisageons en silence, surpris par le trouble que déclenchent nos membres enlacés.

— Tu ne ferais pas ça, je susurre, provocateur.

Elle sourit et s'écarte légèrement, elle a retrouvé ses esprits et m'entraîne par le col de mon tee-shirt.

— Tu m'imagines du genre à hésiter ? Si tu restes avec elle, tu finiras par la pousser du mauvais côté. Tu vas te le reprocher, David.

Mon prénom sur ses lèvres me fait frissonner. Je ne m'attendais pas à l'effet qu'elle a sur moi, je me sens flancher, comme si soudain, je ne pouvais plus rien lui refuser. Je ne parviens pas à me l'expliquer, mais son regard vert m'envoûte. Je fais un pas vers elle, je me rapproche, je suis tout près, prêt à faire une connerie. Puis, je songe à Chloé. Est-ce qu'elle me voit ? Est-ce qu'elle pourrait assister à ça ?

— Accorde-moi au moins une minute avec elle.

Ma belle inconnue déglutit bruyamment, elle aussi espérait davantage. Puis elle acquiesce, s'écarte, et un froid intense remplace son contact. Je vérifie même qu'elle ne va pas s'envoler avant de m'agenouiller près de Chloé.

— Je ne te laisse pas, OK ? Tu sais que je suis toujours avec toi, je ne t'oublie pas. Je viendrai te voir dès que je peux, je veux que tu t'en sortes. Bats-toi, s'il te plaît, reviens-nous, on a encore besoin de toi là-bas.

Ma main est dans la sienne et je suis étonné d'obtenir une réaction. Lentement, elle se tourne vers moi et j'ai un mouvement de recul. Elle me sourit, mais c'est pire que l'inertie, elle n'est plus ma Chloé, elle n'est qu'un pantin articulé. C'est comme si son âme s'était évaporée, je regrette déjà d'avoir insisté. Si ma petite ingénue avait raison, si ma présence lui faisait plus de mal que de bien ?

À contrecœur, je me redresse et elle reporte son attention sur le vide du couloir. Ça me rend dingue de l'abandonner là, mais j'ai le sentiment de ne pas avoir le choix. Les blocs opératoires sont dans mon dos, je m'y engouffre, ignorant la présence de mon ange diabolique sur mes pas. Même si elle n'est responsable de rien, c'est plus fort que moi, je lui en veux de m'éloigner de Chloé.

Une porte battante s'anime seule et j'entre dans la première salle. La pièce est vaste et emplie d'équipements médicaux, de machines et d'ustensiles dont je ne connais pas le nom. Un corps est allongé sur la table d'opération, tandis qu'un homme observe la scène en grimaçant.

— Comment ça se présente ? me demande-t-il, les yeux plissés pour éviter de distinguer les détails écœurants.

Ma présence ici ne paraît nullement le surprendre, mais je ne relève pas et me penche pour mieux voir. Je me retiens de grimacer à mon tour, j'ai déjà vu des corps explosés, décomposés ou sanguinolents, mais jamais encore un ventre écartelé. Ses entrailles semblent bouger seules et des instruments se déplacent étrangement au-dessus de lui. C'est surréaliste et déconcertant et j'ai du mal à ne pas bafouiller :

— Ça a l'air de bien se passer.

— Ça sera bientôt terminé, intervient ma ravissante chimère en me poussant vers un autre bloc. C'est par ici.

À l'évidence, elle a l'habitude de ce genre de situation et elle semble connaître l'hôpital comme sa poche. Nous sommes déjà dans la pièce suivante et je me fige en me retrouvant face à… moi-même ? Je n'aurais jamais pensé que ça soit si déstabilisant, si perturbant. Je trouve mon visage un peu trop pâle, presque blafard et je redoute un instant de ne plus faire partie du monde.

Mon crâne est entièrement bandé et j'observe mon corps changer de position. Ce n'est pas moi qui bouge, mais des mains invisibles qui me déplacent de la table d'opération à un lit un peu trop médicalisé, qui réajustent le drap sur mon corps, les branchements sur ma poitrine et mes bras. Je suis vraiment mal en point et ça ne m'aide pas d'avoir à mes côtés une belle créature qui ironise :

— Tu as l'air de te porter comme un charme !

— J'ai une momie sur la tête, je grogne en tentant de me ressaisir.

Cette fois-ci, je ne peux plus l'ignorer, rêve ou réalité, je suis mal barré !

— Tu crois qu'ils auraient pris le temps de faire un si joli paquet si l'intérieur était foutu ? continue-t-elle de se moquer sans se préoccuper de mon air désorienté.

— Très drôle !

Elle arbore une adorable moue compatissante et je suis si déstabilisé que je ne comprends pas tout de suite lorsqu'elle m'indique le couloir.

— Tu devrais suivre, sinon tu vas devoir te farcir toutes les chambres pour te retrouver.

Mon lit s'éloigne et j'hésite, j'observe ma si jolie chimère dont le regard vert semble soudain embarrassé. Nos chemins se séparent et ça me déplaît plus que je ne l'aurais pensé.

— Et toi ? Tu vas faire quoi ?

La perspective d'attendre là un miracle qui peut-être ne viendra pas est loin de m'enthousiasmer. Et puis, je serais incapable de garder mes distances avec Chloé !

— Même irréel, ce monde est vaste, j'ai de quoi m'occuper, élude-t-elle en continuant de fixer le large ascenseur où le lit vient de s'engouffrer.

C'est une partie de moi qui s'en va. J'attends la douleur d'un corps scindé en deux, le vide d'une âme incomplète, je ne ressens rien. J'ai peur des conséquences, peur de ne pas faire les bons choix. Si je m'éloigne, je me perds, mais si je reste, je disjoncte. La suivre devient soudain terriblement tentant.

— Emmène-moi, je me surprends à supplier.

Je contemple la lèvre qu'elle mord nerveusement, ses doigts qui triturent le bas de sa chemise légère… elle hésite. Elle n'est pas si pressée de se débarrasser de moi et je préfère ça.

— Tu as plus de chance de t'en sortir en ne t'éloignant pas.

Malgré les regrets dans ses yeux, son rejet est comme une gifle, j'en ressens la brûlure sur ma peau. Si je reste là, je n'ai plus qu'elle !

— Qu'est-ce que tu en sais ? je m'agace, prenant sa main pour lui éviter de m'abandonner. Je suis un homme d'action, je vais devenir fou si je ne bouge pas !

Nos doigts qui s'entremêlent accaparent son attention. Ce contact la perturbe. Ce n'est pourtant pas la première fois. Son regard retrouve le mien et sa malice revient.

— Je savais que j'aurais dû te laisser dans le désert, murmure-t-elle avant que mon cœur s'agite et que tout devienne flou autour de nous.

8
Lexie

Ce n'est finalement qu'un homme, un magnifique jeune homme aussi perdu que je le suis. Il a un effet sur mes sens que je ne m'explique pas, ses beaux yeux me détaillent et mon cœur s'emballe chaque fois. À son contact, c'est comme si je reprenais vie peu à peu, c'est un sentiment nouveau et terrifiant. J'aimerais une logique à cette chaleur qui gonfle dans mon ventre.

En même temps, je n'ai pas côtoyé d'hommes depuis des mois. Lucas ne compte pas, et je n'ai aucun souvenir des garçons que j'ai pu fréquenter. C'est la meilleure explication, la raison pour laquelle il est toujours avec moi.

Nous avons rejoint l'Hôtel-Dieu et je vois bien qu'il est surpris par mon choix. Pourtant, il me sourit, il ne sait pas qu'un enfant donnera bientôt son dernier souffle ici et que je suis déjà anéantie.

— J'espérais plus exotique, raille-t-il déçu.

Je m'éloigne et il esquisse une adorable moue boudeuse. Il ignore sûrement l'effet qu'il a sur moi.

— J'y penserai la prochaine fois, je marmonne en me dirigeant vers la cage d'escalier.

Je ne veux pas qu'il voie à quel point je suis troublée, qu'il sache que je redoute ce qui nous attend là-haut. Lui me suit sans discuter, il est en forme et les étages s'enchaînent aisément, il prend même le temps de m'observer régulièrement.

— Pourquoi ne nous avoir pas conduit directement au niveau supérieur ? finit-il par m'interroger avec une malice qui me retourne l'estomac.

Je l'ai bien cherché, c'est moi qui ai commencé !

— J'essaie d'entretenir ma forme, j'élude pour ne pas avouer que j'appréhende la suite des évènements.

Pourtant, je vois bien qu'il n'est pas dupe et je hais que cette fois-ci ce soit lui qui tente d'alléger l'ambiance. Je hais qu'il ait pitié de moi, la fille qui se bat en ignorant qu'elle a déjà perdu. Il faut être réaliste, je suis là depuis si longtemps que je n'ai plus aucune chance de rentrer. Parfois, il m'arrive de désirer renoncer, mais même pour ça, je ne sais pas comment m'y prendre.

— Tu crois vraiment que ça fait une différence ici ?

Il accélère, me double et attend à l'étage suivant en faisant mine d'être essoufflé. Peut-être devrais-je lui dire que ça ne fonctionne pas ainsi ? Être un grand sportif n'offre aucun avantage dans cet endroit. Si je voulais, je pourrais le dépasser, lui prouver que tout est question de volonté, je me contente de grogner en lui indiquant la porte du quatrième :

— On peut toujours rêver !

Son sourire se fait timide, il me laisse passer en premier. Ma soudaine mauvaise humeur le déstabilise et j'ai peur d'admettre que j'ai besoin de lui, que je désirais qu'il vienne avec moi pour une raison qu'il ne comprendrait pas.

Plus tard, je lui avouerai peut-être m'en vouloir de l'avoir éloigné de sa petite amie. Mais pour l'heure, je cherche surtout les mots pour le convaincre de jouer les héros. J'avance lentement, puis stoppe devant la chambre de Lucas.

Il ne s'y attendait sans doute pas, parce qu'il me bouscule avant de passer son bras autour de moi pour s'assurer que je ne tombe pas. C'est décidément, une mauvaise habitude chez lui ! Il est beaucoup trop prévenant. Nous devrions essayer d'éviter les contacts. Une étincelle brille dans ses beaux yeux gris. Ça serait si facile de tout oublier avec lui, mais pour Lucas, je ne peux pas.

— Quel héros t'irait le mieux ? je tente en m'écartant pour le détailler, et aussi, pour mettre un peu de distance entre nous.

— Quoi ?

Je le scrute de la tête aux pieds et il a un mouvement de recul, comme si mon regard seul avec le pouvoir de le déshabiller. Quoique je l'ai déjà fait et j'avoue que j'ai apprécié le spectacle, je crois même que je rougis encore en y songeant.

— Superman, j'ai du mal avec le collant, ça manque clairement de virilité. Thor a les cheveux longs et ce n'est pas ton cas. Iron Man est un peu vieux pour toi. Hulk… Mouais, je ne sais même pas pourquoi je l'ai suggéré celui-là.

— Est-ce que j'ai droit à plus d'explication ?

Cette fois-ci, nous y sommes, il va bien falloir que je lui dise, mais je redoute qu'il refuse, s'emporte ou se trouve utilisé.

— Il y a derrière cette porte un petit garçon de huit ans qui n'en a plus pour longtemps. Je sais que je ne devrais pas lui mentir, mais je suis incapable de lui avouer la vérité. C'est horrible de savoir que rien ne peut empêcher sa mort, alors je lui ai dit avoir rencontré un superhéros dans le désert et qu'il allait venir le sauver.

La honte me brûle les joues. Je m'attends à tout, à ce qu'il se moque de moi, disparaisse ou hurle si fort que Lucas l'entendra, mais il n'est pas contrarié, il ne semble même pas étonné, juste incroyablement peiné.

— C'est ici que tu étais ? Est-ce que c'est… un membre de ta famille ?

Si seulement, je le savais !

— Je ne crois pas le connaître, mais personne ne mérite de mourir seul, pas à huit ans en tout cas.

Il fronce le nez et fait un pas vers moi. Il sourit, hésitant, et je désire soudain qu'il me prenne dans ses bras, qu'il me rassure. Il va le faire ! J'attends son contact, même si je suis persuadée qu'il vaut mieux éviter. Enfin, je ne suis plus seule. Mais il se contente de proposer :

— Captain America, ça pourrait être sympa ?

Il l'a dit et le costume du héros vient remplacer son jean et son tee-shirt, il est parfaitement ajusté à son corps, plus réaliste que jamais. Le rôle lui va comme un gant et ça me plaît étrangement. Pourtant, je ne crois pas avoir jamais eu de passion pour les héros de fiction.

— Hé ! Tu es doué, je m'étonne tandis qu'il détaille le vêtement recouvrant sa peau.

Il agite les bras, les jambes, comme s'il testait la résistance d'un nouvel équipement et je me retiens de lui dire qu'il est incroyablement sexy ainsi.

— Je ne suis pas sûr d'être capable de faire illusion.

Il réajuste l'énorme ceinture marron à sa taille, caresse l'étoile en cuir sur sa poitrine, les bandes rouges et blanches qui redessinent ses abdos.

— Bien sûr que si ! je contre en l'attrapant par la main et l'entraînant vers la chambre.

9
Lexie

Avant qu'il ne change d'avis, j'ouvre la porte en grand et nous nous retrouvons face à un Lucas souriant, un enfant qui n'a pas conscience de perturber ma respiration. C'est la dernière fois que je le vois, alors je le prends dans mes bras, ignorant la douleur dans ma poitrine.

— Lexie, je croyais que tu ne viendrais plus ! Tu l'as amené ! C'est merveilleux, c'est le vrai ! C'est Steve Rogers !

Son visage enfantin s'illumine et il sautille gaiement en contemplant David derrière moi. Sa joie me vrille le cœur, elle est tout ce que j'espérais et je voudrais que la suite n'arrive pas.

— C'est qui ? nous couinons à l'unisson tandis que Lucas nous observe, des étoiles plein les yeux.

— Captain America ! Son vrai nom c'est Steve Rogers, s'offusque-t-il en me tournant un regard indigné.

David rit en s'agenouillant près de lui.

— Tu es un petit malin, toi ! le taquine-t-il, lui ébouriffant les cheveux.

Lucas rougit, étonnamment gêné. C'est le rêve de sa vie, mais il y a autre chose.

— Oh, je n'aurais peut-être pas dû le dire.

Les héros et leur identité secrète ! J'ai envie de rire et David se retient aussi. Il joue le jeu, se montre incroyablement sérieux, comme si le monde se trouvait entre ses mains. J'aimerais qu'il ne soit pas qu'une illusion, le doux rêve d'un enfant avant son dernier combat. Si seulement il pouvait réellement le sauver ! C'est déjà inespéré qu'il puisse le rassurer.

— Ce n'est pas grave, je fais confiance à… Lexie.

Il me jette un léger coup d'œil en le disant, nous ne nous sommes pas présentés, pourtant, nous ne sommes plus deux étrangers. C'est déstabilisant, ce n'est pas souvent qu'on m'appelle ainsi et il m'arrive parfois d'oublier jusqu'à ce prénom murmuré. J'aimerais tant qu'il le redise, qu'il ne le prononce que pour moi, mais le moment est mal choisi.

Lucas le tire par le bras et notre héros du jour se laisse entraîner. Il fait mine de ne pas réagir en découvrant le petit corps inerte sur le lit médicalisé, cette créature si fragile et si pâle couverte d'une multitude de branchements terrifiants. J'ai toujours détesté le voir ainsi, mais si c'est vraiment la fin, je ne veux plus faire semblant que tout ira bien.

Son regard clos est cerné, ses traits sont creusés. Des peluches s'alignent à ses pieds et des photos sont rassemblées sur une petite desserte contre le mur. Des visages doux et souriants, des amis, de la famille qu'il ne reverra plus. Et deux chaises près du lit qui ne devraient pas être vide !

— Tu dois dire à mes parents qu'il ne faut pas me débrancher ! supplie Lucas en désignant l'espace inoccupé.

Mais il est trop tard, les machines à ses côtés semblent déjà s'être arrêtées. Nous retenons notre souffle, je suis terrifiée. Le regard de David se perd un instant sur le petit corps frêle allongé sur le matelas, il paraît réfléchir, hésiter, à moins que la situation ne lui rappelle Chloé, je ne le connais pas suffisamment pour deviner.

Je n'aurais peut-être pas dû le lui demander, mais seule, j'ai peur de ne pas y arriver. Ma respiration se bloque, je me rapproche à mon tour, m'assois sur le rebord du lit et installe le garçonnet sur mes genoux. Les tubes de ses perfusions disparaissent un à un et David retrouve enfin une contenance.

— S'ils le font, c'est que c'est une bonne chose, le rassure-t-il en posant une main sur son épaule.

Ce rôle de héros lui va à ravir et je suis soulagée qu'il soit là. Lucas sourit, ça semble lui suffire. À nouveau, je respire, mais ça ne dure pas. Le garçon sursaute et tremble entre mes doigts, puis se tourne lentement vers le lit.

— Qu'est-ce qui se passe, Lucas ?

En réalité, je le sais, mais je préférerais me tromper.

— Je sens la main de maman, mais pas comme d'habitude... plus fort... je vois son visage, elle est au-dessus de moi, elle pleure. Papa la prend dans ses bras... À ton avis, pourquoi pleure-t-elle ?

Ses beaux yeux noisette fixent le néant, déstabilisé, et je me retiens de frissonner, je ne souhaite pas que ce soit sa dernière pensée.

— C'est sûrement des larmes de joie, tu rentres à la maison, Lucas.

Ma voix tremblante me trahit et il reporte son attention sur mon visage larmoyant. Il devrait profiter de ses derniers instants avec ses parents, pas de ceux qu'il partage avec moi.

— Lexie, toi aussi tu pleures ?

— C'est parce que je suis heureuse pour toi, je tente en essuyant mes joues.

Il fronce les sourcils et je devine qu'il ne me croit pas, puis de nouveau quelque chose attire son attention. La pièce s'est éclaircie, c'est comme si le ciel venait d'envahir la chambre, la fin est proche et je ne peux plus retenir mes tremblements.

— Regarde comme c'est beau, on dirait un arc-en-ciel en beaucoup plus coloré, s'enthousiasme Lucas en abandonnant mes bras. Il y a quelqu'un. Tu as vu comme elle est jolie ? Elle me fait signe, tu penses que je devrais la rejoindre ?

Je ne vois rien, mais je le crois. C'est simplement son heure et ce n'est pas la mienne. L'air est plus léger, les tourments paraissent s'être envolés, mais ça n'empêche pas mon cœur de paniquer.

Lucas attend une approbation que je suis incapable de lui donner, mes joues sont couvertes de larmes et je rêve de le retenir encore un peu, de le garder près de moi et de hurler à cet ange invisible de repartir. Finalement, c'est David qui l'encourage.

— Vas-y, mon garçon ! Tu n'as pas à avoir peur, c'est quelqu'un de bien, j'en suis convaincu.

Le sourire de Lucas est merveilleux, plus heureux qu'il ne l'a jamais été, pourtant, la douleur continue de m'écraser. Je ne veux pas qu'il coure vers le néant, vers cette lumière éclatante qui engloutit tout sur son passage. C'est si rapide que je n'ai pas le temps de lui dire au revoir, de l'embrasser. Il n'est déjà plus là.

Son corps inerte dans le lit a disparu lui aussi. Un vide immense me broie les entrailles, je n'ai plus besoin de faire semblant, de faire comme si tout allait bien, alors j'explose, je crie, je pleure, je m'emporte…

— Non, NON… Lucas ! Tu ne peux pas me laisser là, j'ai besoin de toi… Je veux partir avec toi. Lucas, je t'en prie, j'en peux plus de ne pas vivre, emmène-moi avec toi, s'il te plaît !

Je fouille les draps machinalement, comme si un miracle était encore possible, j'envoie tout valser, je me moque du carnage. De toute façon, rien n'est réel ici !

Incapable de gérer mes sentiments, je me contente de tout détruire : le matériel médical, le mobilier, le linge, même l'oreiller ne résiste pas.

Je disjoncte ! Plus rien ne peut m'arrêter, je veux mourir aussi, j'aimerais qu'on me dise comment faire, je suis incontrôlable, je perds pied. Puis des mains m'attrapent et me retiennent, des bras m'enlacent et me serrent si fort que je n'ai plus d'autre choix que de renoncer. Je suffoque, mais il ne me lâche pas. Sa chaleur m'enveloppe, sa voix douce et profonde me berce, ses mots n'ont même pas besoin de sens pour m'apaiser.

— Lexie… Chhh… ça va aller… Lexie, calme-toi, je t'en prie… Il est bien maintenant… ne souffre pas pour lui, ce n'est pas ce qu'il voudrait. Tu as vu son sourire, il est libéré, il a même pu revoir ses parents avant de s'en aller. Sois heureuse pour lui, poursuis ton chemin, il ne souhaite pas que ça se passe autrement.

Son contact est comme chaque fois apaisant, j'aimerais tant me laisser aller entre ses bras, ne plus penser à rien et sombrer enfin, mais comme toujours, ça ne fonctionne pas et le désespoir m'envahit.

— Je suis si fatiguée, je voudrais avoir droit au repos moi aussi. Pourquoi lui et pas moi ? Il méritait de vivre plus que n'importe qui. Ce n'était qu'un enfant !

Ses mains encadrent mon visage, m'obligent à lui faire face. La pulpe de ses pouces essuie mes larmes. Il est tendre et délicat, même si tout son être hurle le contraire, lui aussi a mal pour Lucas. Son regard gris s'est assombri, ce n'est plus l'homme perdu au milieu du désert, l'homme anéanti devant une jeune femme inerte.

Cet homme-là, je ne l'avais encore jamais vu, il est sûr de lui, déterminé et il me plaît. C'est le pompier, le héros venu me sauver ! Il fait naître en moi quelque chose de nouveau, quelque chose que je suis incapable d'identifier.

— Tu es jeune toi aussi. Et puis, tu ne connais rien des dégâts qu'a subis son corps. Peut-être que rien ne pouvait le guérir.

Il a raison, je le sais, mais je suis loin d'être prête à l'entendre.

— Parce que tu ne crois pas que le mien est foutu depuis longtemps !

J'ai l'air d'aller bien, mais je suis convaincue que ce n'est pas le cas, mon corps meurt à petit feu quelque part.

— Peut-être qu'on devrait aller vérifier ça, tente-t-il, en esquissant un adorable sourire, un sourire qui se veut réconfortant.

Ça devrait être interdit d'être aussi gentil et je n'aurais jamais dû frissonner devant tant d'attention, je ne devrais pas non plus avoir honte d'avouer :

— Je ne sais pas où mon corps se trouve, je ne m'en souviens pas.

Il se mord la lèvre, fronce le nez, je crois qu'il est déçu, à moins qu'il culpabilise.

— OK, alors disons que c'était une mauvaise idée.

Comme pour se faire pardonner, il caresse ma joue affectueusement, il est si doux que mon cœur s'agite étrangement. Sa main descend lentement le long de mon bras nu et j'en veux à ma peau de frémir en retour. Je dois m'éloigner de lui, je ne saisis pas vraiment pourquoi, mais ça me paraît soudain vital.

D'un bond, je me redresse, me détourne, souffle bruyamment, tente de réordonner mes pensées, de me composer un masque de façade. Lucas n'est plus là et lui semble avoir pris sa place, comme si le destin avait voulu que je ne sois pas seule. Lui est adulte, je pourrais me confier, lui dire la vérité. Je suis terrifiée, alors je me contente de ce que je sais faire de mieux en ce lieu.

— Il doit bien y avoir un endroit où tu rêverais d'aller.

Son visage se fige brièvement, le froid que j'ai glissé entre nous ne lui plaît pas. Il se redresse, fait des aller-retour dans la pièce, et je réalise qu'il n'est plus Captain America, que c'est son vieux tee-shirt que j'ai inondé de larmes. Il a l'air agacé, je l'imagine s'emporter et j'aurais presque envie de jubiler. La fureur, c'est la vie, et j'ai besoin de me sentir vivante. En colère, il doit être terriblement sexy !

Je ne le saurai peut-être jamais, car déjà il se reprend.

— J'ai toujours voulu voir New York, les gratte-ciel, la statue de la Liberté, le rêve américain quoi…

10
David

Je ne l'ai pas sentie approcher, mais elle est contre moi et le vertige que je ressens me surprend. Tout devient trouble avant de se faire net à nouveau, je tangue et me raccroche à elle. Nous ne sommes plus à l'hôpital, le ciel est bleu et lumineux, la brise fraîche soulage mes angoisses.

L'océan est face à nous, Lexie s'écarte pour reprendre son souffle. Au loin, la statue de la Liberté, les gratte-ciel de New York… Tout ce dont j'ai toujours rêvé, toujours remis à plus tard, j'aurais dû en profiter avant de sentir la mort sur ma peau.

Encore sous le choc du départ d'un enfant à peine côtoyé, je me force à respirer. Je ne savais rien de lui, de sa vie, et pourtant, j'ai mal. Mon cœur souffre pour elle, pour lui qui ne deviendra jamais un homme. Malgré ma profession, la mort continue de me toucher, de me vider, c'est ce qui est le plus douloureux dans mon métier.

Lorsque cette pression enfle dans le creux de mon estomac, je retrouve mes amis, m'entoure de rires, de musique et de joie… Mais la vie ici, où est-elle ? Dans la beauté d'un monde sans âme ? Si je ne devais jamais rentrer, serais-je capable de le supporter ?

J'observe Lexie, son visage torturé, son regard fatigué, depuis combien de temps vit-elle ainsi ? Le sait-elle seulement ? A-t-elle vraiment le choix ? Que lui reste-t-il pour avancer ? Je voudrais tant l'aider. Si elle souhaite faire le tour d'un monde imaginaire, je le ferai à ses côtés. Je préfère ça aux journées interminables à scruter les réactions de mon propre corps inanimé.

L'air marin me renvoie au présent. C'est si réaliste que j'ai envie de croire que je m'y trouve vraiment. La grosse pomme nous offre son meilleur profil, le soleil l'illumine idéalement, l'eau nous entourant

produit ses clapotis rassurants. L'eau…
l'eau est partout autour de nous !

Je baisse les yeux pour m'assurer
qu'un sol ferme se trouve bien sous mes
pieds. Nous sommes sur un bateau
luxueux, l'un de ses yachts de milliardaire
surdimensionné. Je tourne sur moi-même,
observe les fauteuils moelleux, le mobilier
en teck, la baie vitrée qui donne sur un
intérieur plus impressionnant encore.

— C'est toi qui l'as imaginé ?

Ma jolie chimère me détaille sans
comprendre. Elle ne m'a pas laissé
apercevoir ses fêlures très longtemps et je
hais retrouver la sorcière malicieuse qui se
moque ouvertement de moi, même alors
qu'elle cherche la réponse dans mes yeux.

— De quoi parles-tu ?

— Du bateau !

Elle sourit et s'installe en tailleur sur
le canapé d'extérieur terriblement élégant.
Elle prend son temps, me torture
délibérément. C'est une créature
insouciante qui semble avoir perdu toutes
connexions avec la réalité. Enfin, c'est ce
que je crois ! Son expression change, ses
sourcils se froncent, elle se mord la lèvre
inférieure et je me dis que j'ai tout faux,
que le mystère reste entier.

— Je ne suis pas douée à ce point ! Je
suppose qu'il est vraiment là. Peut-être

même qu'un riche homme d'affaires est à cet endroit, en ce moment, en train de signer un contrat juteux, et nous ne sommes qu'une brise légère venant rafraîchir l'air étouffant.

Elle désigne les fauteuils l'entourant et je les scrute comme si je pouvais voir ceux dont elle parle. Je les imagine dénouer leur cravate, remonter les manches de leur chemise parfaitement blanche, se servir un whisky tout en se jaugeant… Seulement, un détail cloche dans son scénario :

— Nous sommes en février !

— En février, reprend-elle dans un murmure.

Sa peau pâlit, son regard se fait livide et mon cœur tambourine. La réalité vient de la frapper et je m'en veux de l'avoir provoqué. Est-ce vraiment à moi de la réveiller ? Je m'assois près d'elle, pose une main sur la sienne. Le contact de mes doigts lui déclenche un frisson.

— Je suis désolé. Est-ce qu'un mois te parle en particulier ?

Ses beaux yeux verts me scrutent, ils sont brillants de larmes. La femme fragile est de retour et je me reproche d'apprécier ce revirement.

— Je crois… je croyais que c'était l'été.

Sa voix est à peine audible. Je ne devrais pas insister. C'est plus fort que moi.

— Tu te souviens d'un autre détail ?

J'ignore pourquoi ma question la surprend, elle grimace et son regard se perd au loin. La ravissante sorcière est dans ses pensées et j'en profite pour la contempler. Son nez fin et droit, sa bouche pulpeuse, ses traits harmonieux… C'est surréaliste comme soudain, il n'y a plus qu'elle qui compte. Le rêve m'emporte et je le laisse faire, je patiente sans la quitter des yeux. Le silence s'éternise, seulement brisé par le clapotis des vagues contre la coque et peut-être aussi mon estomac qui gronde.

— On dirait que tu as faim !

Son sourire est de retour, mais je suis déçu. Je me fous d'avoir la sensation de n'avoir rien avalé depuis des jours, je n'ai plus qu'une obsession : découvrir celle qui se cache sous cette belle carapace.

— Ce n'est pas important, je proteste.

Il est trop tard, elle en profite pour faire diversion, me prend par la main et m'entraîne déjà à l'intérieur.

— Il y a sûrement tout ce qu'il faut à bord. Je parierais que la cuisine est à l'étage inférieur.

Dans le vaste séjour, elle trouve un escalier tournant, tâtonne pour dénicher l'interrupteur et tout ça, sans jamais lâcher ma main. Ce contact brûlant électrise mes sens. C'est à peine si je m'attarde sur l'impressionnante cuisine aux allures d'arrière-boutique de restaurant.

— Lexie… tu dois te retrouver, tu ne peux pas rester là éternellement ! Il faut te battre pour ne pas finir comme Lucas.

Mais elle ne m'écoute pas, elle fouille les placards à la recherche de nourriture. Ma chance est passée et je renonce à contrecœur. Je tente le frigo et suis frustré de le découvrir vide. Elle me regarde faire, amusée, avant de s'approcher.

— Tu ne sais pas t'y prendre ! me taquine-t-elle en l'ouvrant à son tour.

Cette fois-ci, il est empli de victuailles allant du reste de lasagne à la pâtisserie haut de gamme. La magie est de retour et j'ignore quoi en penser. Ma faim redouble devant tant de mets succulents. Mes interrogations sont en suspens, j'attrape le sandwich semblant fraîchement réalisé et en croque une généreuse bouchée.

— Ça a quel goût ?

Tandis que je mastique, Lexie me détaille comme si j'avais osé ne rien partager. Elle a pourtant l'embarrant du choix !

— De quoi veux-tu que ça ait le goût ? C'est un sandwich au poulet !

Enfin, j'en étais convaincu jusqu'à ce qu'elle pose la question. Je mâche plus lentement en fronçant les sourcils, cherche la sensation du pain frais, de la salade croquante, tentant d'identifier le piquant de la moutarde ou le sucré du ketchup… mais ma langue est anesthésiée et ma chimère insiste :

— Tu en es sûr ?

J'écarte le sandwich de mes lèvres et l'ouvre pour en vérifier le contenu. Il y a des tomates, des concombres, de l'oignon, du fromage, ce qui paraît être de la mayonnaise, mais pas de poulet, pas de salade, et rien dans ma bouche qui me permette de reconnaître ce que je viens d'ingurgiter. Je suis figé sur place tentant d'ordonner mes pensées, et le regard embarrassé de Lexie n'arrange rien.

— Ce sens ne fonctionne pas très bien ici, précise-t-elle, gênée. Dans la bouche, tout se ressemble, seuls les souvenirs peuvent encore faire illusion. Mais ça devient vite lassant et ça n'apaise en rien les protestations de l'estomac. Parce que ce n'est pas toi, ici, qui as faim, mais ton corps, là-bas, allongé dans un lit d'hôpital.

Il n'en faut pas plus pour me couper l'appétit, pour réveiller en moi une fureur jusque là contenue. Je suis en train de mourir quelque part et je perds mon temps avec un ange maléfique qui se joue de moi depuis le début !

Elle impose des loopings à mon cœur, lui souffle le chaud et le froid. Le sandwich rejoint violemment toute cette nourriture artificielle et je claque la porte en acier sans me soucier des dégâts occasionnés. De toute façon, rien n'est réel et j'aimerais que ma colère ne le soit pas non plus. Pourtant, elle est bien là, elle bout en moi.

— Et tu ne pouvais pas le dire avant ? Tu me fais envie avec toute cette bouffe, et pourquoi ? C'est trop tard, Lexie, j'ai déjà remarqué que tu étais complètement larguée !

Je ne lui laisse pas le temps de répliquer, de me rendre dingue par sa malice malvenue, je fonce sur l'escalier, vers la sortie, retrouver l'air frais avant de disjoncter pour de bon.

11
David

Respirant profondément, j'essaie de calmer ma rage, de rassembler mes idées. Le paysage magnifique, la brise légère m'apaisent, mon cœur retrouve son rythme régulier, et je commence à me demander si je ne devrais pas rentrer. Ma famille, mes amis… Chloé a besoin de moi, je n'aurais jamais dû m'éloigner.

Les yeux fermés, je me concentre sur la réalité. Le bruit des machines me parvient, une douleur lancinante me broie le crâne, mes membres sont endoloris, la pénombre m'engloutit. J'ai froid, j'ai chaud, je ne sais plus où je suis. « *Il reprend conscience !* » crie une voix trop près de moi, « *S'il te plaît, pardonne-moi, David* » murmure une autre plus lointaine. C'est Lexie !

Je sens sa main sur mon avant-bras, son souffle dans mon cou et je rouvre les yeux pour la retrouver elle. Son regard vert est plein de larmes, tout son corps tremble et je l'enlace.

— Je ne peux pas te dire qui je suis, sanglote-t-elle contre moi, je n'en ai aucune idée. Ça ne te plaît peut-être pas, mais j'ai fini par l'accepter, je ne regagnerai jamais la réalité. Je ne veux plus perdre mon temps à me torturer, tu peux comprendre ça ?

Elle n'est qu'une inconnue, une chimère, une personne jamais rencontrée… et pourtant, elle me touche étrangement. J'aimerais partager sa peine, lui prendre sa douleur, lui rendre son espoir, je voudrais la ramener au présent, mais je dois le faire en douceur.

— Je devrais pouvoir faire avec.

Elle lève le nez pour mieux me détailler, nous sommes si proches que mon corps est troublé. Même si c'est aberrant, il hurle qu'il a besoin d'elle, qu'il veut se battre pour elle. Du bout des doigts, je sèche ses larmes et elle me sourit timidement. Je vois bien qu'elle hésite, qu'elle a peur de me vexer, j'ai déjà deviné qu'elle nous a concocté une diversion.

– Je sais comment distraire ta faim.

C'est dit ! Et ses doigts dessinent des arabesques sur ma poitrine. La caresse est subtile, enivrante, elle attend mon approbation ou mes protestations.

– Qu'est-ce que tu manigances ? je raille, savourant nos membres enlacés, son beau visage si proche que je n'aurais qu'à me pencher pour l'embrasser.

Je dois bien admettre que la malice de ma petite sorcière a du bon. Elle rend l'instant moins terrifiant, l'attente moins insupportable. De nouveau, le rêve m'engloutit, je lui souris, la contemple tandis qu'elle s'écarte et scrute son corps comme à la recherche d'un signe en particulier.

Si je pouvais, je la garderais dans mes bras, j'aimerais tant ne plus ressentir ce froid déstabilisant, cette impression de la perdre déjà. Et si elle avait raison, si nous n'avions rien de plus que le moment présent ? Je veux mémoriser chaque détail de son beau visage, chaque courbe de son corps délicat.

Soudain, des sangles apparaissent sur sa poitrine et ses hanches, elles sont reliées à des cordes semblant tomber du ciel. Lexie vérifie la solidité de son harnachement, puis me sourit, ravie. L'équipement l'arrache au sol et je réalise que je m'envole aussi, que je suis accoutré à l'identique. Au-dessus de nos têtes, un parachute multicolore nous emporte au loin, nous offre une vue nouvelle du tout New York.

Il n'y a pas à dire, elle sait s'y prendre pour rendre l'instant magique, pour me convaincre de m'égarer à ses côtés !

— Ce n'est pas meilleur qu'un sandwich au poulet ? me taquine-t-elle de cette malice qui lui va si bien.

Elle se penche en avant pour observer le yacht sous nos pieds et je l'imite. Il est plus massif et luxueux que je ne l'avais imaginé et il tangue au rythme régulier des vagues de l'océan. C'est tellement plus qu'un rêve, je suis en train de vivre une folle journée ! Rien ne manque, la sensation de vertige, l'air frais qui nous malmène, la pression des sangles sur ma peau… Je voudrais savoir ce qu'il y a de plus à le faire réellement.

— Tu es une vraie sorcière ! je la taquine.

Mais pour elle, c'est loin d'être une simple moquerie.

— C'est ce que tu penses de moi ?

Je n'ai pas besoin de la regarder pour comprendre que je l'ai blessée. Ça s'entend dans sa voix et sur son visage c'est encore pire, c'est douloureux. La jeune femme sûre d'elle s'est volatilisée.

— Tu te soucies de ce que je pense de toi ? je l'interroge, tendant la main pour retrouver la sienne.

J'ignore pourquoi, ce contact me rassure. Plus je la touche, mieux je me sens, je suis accro à cette sensation.

— Je crois… je crois que je n'ai pas envie que tu me voies comme une enquiquineuse.

— Tu es la plus adorable que je connaisse !

La créature changeante et insaisissable est de retour. Son sourire est figé, son regard tourmenté… nous avons retrouvé le sol. Notre équipement a disparu et elle bafouille d'une voix tremblante :

— Peut-être… je devrais te ramener là-bas.

Où est passée celle qui semblait prête à m'abandonner en plein désert, celle qui se jouait de moi ? Je n'imaginais pas le penser, mais je préférerais la retrouver, je voudrais qu'elle me laisse en profiter. Mon corps réagit pour moi et elle est à nouveau dans mes bras. Maintenant que j'ai commencé, plus rien ne peut m'empêcher de la toucher : j'embrasse son front, je savoure son odeur fruitée.

— Je ne crois pas que l'endroit où nous nous trouvons fasse une différence. Regarde Lucas, Chloé, ça ne les a pas ramenés.

Les évoquer la fait frissonner et je le regrette aussitôt, mais elle insiste :

— Je ne veux pas que tu te perdes à cause de moi.

Je prends son visage entre mes mains, je l'oblige à me regarder.

— Lexie, je ne suis pas égaré, mais toi tu l'es et je souhaiterais t'aider.

Son sourire réapparaît et ses lèvres me font de l'œil. Je devrais peut-être lui dire que ce n'est pas qu'une question de devoir ou d'amitié. Mon désir de la sauver est bien plus profond, elle est une part de mon être que je suis incapable d'abandonner, elle est l'espoir que je n'attendais plus. Et si c'était ce que signifie ce rêve étrange, ce qu'elle signifie elle : une partie de moi, un sentiment égaré que mon inconscient me hurle de retrouver.

— Tu ne renonces jamais ? me taquine-t-elle, en posant ses mains sur les miennes.

Son cœur s'emballe contre le mien, il me prouve qu'elle n'est pas qu'une invention, il m'incite à demander :

— Lexie, c'est ton prénom ?

Son regard me fuit, se perd dans le ciel éternellement bleu, elle souffle bruyamment. Quelle échappatoire va-t-elle encore imaginer ? Mais pour une fois, elle ne cherche pas à esquiver.

— C'est comme ça que mon père m'appelle. Enfin, s'il l'est réellement. J'entends parfois sa voix, ce n'est plus très souvent, mais il a toujours des mots rassurants, même si je me doute bien qu'il n'y croit plus non plus.

Ses paroles sont douloureuses, je le sens bien, elles me font mal aussi. Elle n'est peut-être qu'une illusion, mais j'ai besoin de la voir espérer. C'est vital et inexplicable, et je m'entête :

— Il n'y a vraiment personne d'autre ? Il suffirait que quelqu'un évoque un lieu, nous donne juste un indice pour nous rapprocher de ton corps. Nous pourrions réessayer ensemble…

Nous sommes toujours l'un contre l'autre, mais le lien est brisé. Ses iris verts m'intiment de me taire, ses mains me repoussent, j'ai été trop loin et je le sais. Lexie est si perdue, désorientée, que la réalité l'effraie. Elle a peut-être raison, rien ne peut plus la ramener, mais je refuse de l'accepter.

— David, j'ai passé des jours immobiles, interminables, à guetter le moindre bruit, le moindre indice des infirmières, des médecins, je n'ai rien et j'ai choisi de faire avec !

Je secoue la tête et m'agite. Je ne supporte pas qu'elle baisse les bras, je hais la voir renoncer et je m'emporte à mon tour.

— J'avais compris ! je hurle, les mains levées comme pour la rattraper.

Nous crions tous les deux, nous sommes fous de rage et mon cœur palpite dans ma poitrine. Je suis vivant ! Je ne l'avais jamais perçu si intensément. Les bruits, les odeurs de l'hôpital deviennent plus présents, j'ai la sensation d'être groggy, de retrouver ma position allongée alors que je suis toujours debout à m'énerver.

Je me fige pour mieux me concentrer sur l'instant, je sens le drap frais sur ma peau, la pression du tensiomètre sur mon biceps, l'odeur d'antiseptique… et au loin, la respiration saccadée de Lexie. Elle sait que je suis tout près de m'en aller, elle est terrifiée.

— Tu as l'air fatigué, murmure-t-elle en se tournant vers la ville majestueuse pour me dissimuler son trouble.

Ma vision se brouille momentanément, le bip des machines me harcèle, une main serrée dans la mienne me supplie de rentrer… C'est finalement la colère qui prend le pas sur la réalité.

— Tu m'envoies me coucher ? Tu cherches à te débarrasser de moi ! Il ne fait même pas nuit.

Il n'y a plus qu'elle et moi, j'ai choisi de rester et je m'oblige à respirer lentement, tente de maîtriser mes tremblements. L'acculer n'est pas la solution, il faut procéder en douceur. On ne ramène pas si facilement quelqu'un d'entre les morts, mais je peux l'aider, il le faut parce que je ne repartirai pas sans elle.

12
David

Lentement, elle rejoint la balustrade, inspire profondément, se penche pour mieux contempler l'océan… Je me demande à quoi elle pense. A-t-elle compris que je ne l'abandonnerai pas ? Se sent-elle contrariée par ma décision ? Et comme si notre discussion n'était pas sous haute tension, elle précise :

— Ici, le soleil ne décline jamais ou il peut aussi ne pas se lever. Ça dépend de chacun, de ce que l'on désire, de ses sentiments… Tu peux croiser quelqu'un pour qui la pluie ne cesse de tomber tandis que pour d'autres le ciel est bleu ou la nuit étoilée.

Voilà qu'elle fait encore diversion et ça m'agace ! *Vas-y en douceur, je me répète.* Ça ne fonctionne pas, la fureur continue de bouillir en moi.

— Là aussi, je suppose qu'il suffit d'y penser !

Mon ton est glaçant, mon regard froid, et comme par magie l'horizon s'assombrit. En un rien de temps, la lune apparaît pleine et brillante. À peine visualisé qu'elle est bien présente !

— Ça y est, tu as compris le truc, me taquine Lexie ignorant ma rage, mais tu as oublié un détail.

La petite ingénue du désert est de retour, celle qui rend fous mon âme et mon cœur me scrute plein de malice. La ville s'illumine, les étoiles naissent une à une dans le ciel nocturne. Ma sorcière a fait un miracle de plus, mais pour moi, elle n'est déjà plus là, elle m'a échappé une fois de trop et une étrange amertume me broie les entrailles. Elle a raison, je suis fatigué, j'ai besoin de distance entre nous.

— Je vais te laisser tranquille et dormir un peu.

Je n'attends aucune réponse, je fonce droit devant, retrouve l'imposant salon, repère un couloir sur ma gauche et m'y engouffre. Mes pensées se bousculent, s'emmêlent… J'aimerais trouver une solution, un signe pour avancer, pour la sauver, mais rien ne vient, rien de plus que la dure réalité. Je vais rentrer chez moi et elle restera là. Peut-être qu'un jour elle s'en ira sans que jamais je ne l'apprenne.

Ma démarche est rapide, je mets de la distance entre nous, j'inspecte chaque pièce sans savoir ce que j'y cherche. La première porte s'ouvre sur un bureau cosy, la seconde sur une salle de sport aux vastes baies vitrées, et j'hésite à m'y défouler. Au bout du couloir, une impressionnante suite est prête à accueillir son hôte. La couette épaisse du lit king size est repliée élégamment, un peignoir blanc attend sur les draps, accompagnés d'une télécommande. La télévision emplit le mur du fond, elle me paraît une distraction bienvenue, alors je l'allume en m'installant sur le matelas.

Si j'avais su, je me serais abstenu.

Pas de chaînes d'informations, de talk-shows ridicules, de documentaires divertissants, rien d'autre que moi dans mon lit d'hôpital, les branchements courants sur mon corps, le visage blafard… chaque chaîne est un nouveau cadrage de mon être agonisant. La mort qui vient se moquer de moi : rentre ou tu seras condamné !

Ça me ferait presque marrer !

Avec mon métier, je l'ai défiée tant de fois que je ne la crains pas. Et puis, sans Chloé, j'ai peur de ne plus supporter ma vie ! Mais rester ici ne me semble pas non plus une bonne idée. J'ignore quoi décider. À ma façon, je me suis moi aussi égaré.

Soudain, il me faut une distraction. Sans Lexie, je suis relativement limité !

J'éteins la télé, retire mes vêtements et m'engouffre dans ce que je suppose être une salle de bains attenante. Les faïences dorées m'éblouissent lorsque j'appuie sur l'interrupteur. Ici, tout n'est que strass et paillettes, mais ce n'est pas ce qui attire mon attention.

Le miroir face à moi me renvoie mon reflet couvert de suie, le souvenir de l'incendie qui paraît si lointain à présent. Qu'est-ce qui est vrai, qu'est-ce qui ne l'est pas ? Et si elle avait raison, si j'étais déjà perdu, s'il était temps de rentrer ! Pour l'instant, je n'ai pas envie d'y songer.

J'entre dans la douche et tourne le robinet. La température est idéale, l'eau me fait un bien fou, elle emporte ma crasse et mes doutes. Ce n'est rien de plus qu'une dure journée que la nuit va effacer. Comme souvent, je m'éternise, je pourrais croire que c'est réel, que je suis vraiment à l'autre bout du monde dans un yacht que je n'aurais jamais pu me payer.

Tout en me séchant, je m'attarde sur les détails m'entourant : les flacons hors de prix, les bijoux laissés là sans se douter qu'un intrus pourrait y toucher. La penderie jouxtante est pleine de costumes griffés et je sursaute lorsque l'un d'eux s'envole et disparaît comme envoûté. Je ne suis pas seul, mais il n'y a personne. Est-ce que ma présence aussi perturbe les occupants de l'autre côté ?

J'y songe en m'écroulant sur le lit, en m'obligeant à ne pas sombrer. Lexie a raison, je suis épuisé, je le sens dans tout mon être, tout mon corps, mais je refuse de me laisser aller à l'inconscience.

Il est trop tôt pour l'abandonner, alors que la perte de Lucas est si vive. Les yeux clos, j'impose à mes membres l'immobilité, je chasse de mon esprit toute pensée. Le calme de la nuit est à lui seul revigorant, il me suffit, jusqu'à ce qu'une voix étouffée le perturbe.

« Je t'en supplie, David, ne m'abandonne pas... pas comme ça... je déteste l'idée qu'on se soit chamaillé avant ce fichu incendie... Tu n'as pas le droit de partir le premier... pas sans m'avoir laissé une chance de me rattraper... »

C'est Angélique !

Mon ange paraît si proche. Elle dont je ne me suis même pas soucié. Je culpabilise en sentant ses doigts frôler mon bras, sa bouche embrasser le coin de mes lèvres... ce bien-être réconfortant. Les bruits de l'hôpital demeurent lointains, mais elle est bien là. Elle m'a trouvé !

Je me redresse d'un bond tout en parcourant du regard la chambre luxueuse. Il n'y a personne, rien de plus que l'ombre d'un fantôme s'éloignant déjà. Pourtant, la main de mon ange est dans la mienne. J'observe mes doigts, je sens les siens sans les voir. *« Comment va-t-il ? »*

Une nouvelle voix me fait frissonner. Elle n'est plus seule. C'est ma mère et l'angoisse de ses mots m'arrache le cœur. Elle n'a pas mérité ce que je lui fais endurer, elle n'a pas mérité toutes ses épreuves qu'elle a dû traverser. *« Il est stable »*, la rassure Angélique. Je les imagine s'enlacer, je les envisage se consoler, alors qu'elles ne se sont jamais appréciées.

Je parcours la pièce sans les voir. C'est surprenant de les entendre si distinctement, sans avoir à me concentrer. *« Les médecins ont dit que son état n'était pas alarmant, il va se réveiller, il faut juste lui laisser le temps de se remettre. Tu devrais rentrer te reposer. »*

Un poids dans ma poitrine vient de s'envoler, une inquiétude que je ne pensais pas éprouver. Je ne suis pas foutu, mon heure n'est pas arrivée, je n'ai plus qu'à décider du moment approprié pour les retrouver.

Un léger souffle m'indique qu'elles se déplacent, que l'une d'elles vient de délaisser mon chevet pour laisser la place à l'autre. Est-ce qu'elles se relaient depuis le début ? Est-ce que le temps ici s'est arrêté et que plusieurs jours se sont déjà écoulés ?

Les lèvres douces et chaudes de ma mère sont sur ma joue, mon front, ses mains sur mes épaules, ma poitrine. Sa tendresse panse mon esprit tourmenté, me rappelle l'essentiel, c'est pour elle et notre famille que j'ai choisi de lutter.

« C'est une fille bien, mais elle n'est pas pour toi, mon fils. »

Ces mots qu'elle susurre me croyant endormi me font étrangement mal. J'aurais voulu qu'elle me l'avoue plus tôt, qu'elle n'attende pas cette situation terrifiante. J'aimerais savoir ce qui ne lui plaît pas chez Angélique, ce qu'elle a vu qui semble m'échapper.

— Dis-m'en plus, maman, je murmure même si elle ne m'entend pas.

« *Repose-toi, mon garçon, elle recommencera sûrement à te mener la vie dure lorsque tu seras réveillé.* »

C'est donc ça !

J'ignore si je suis surpris ou déçu. Comme mes amis, ma mère trouve le caractère de ma copine trop excessif pour le mien. Aurais-je dû les écouter ? Est-ce ce qui m'attire chez Lexie ? Elle souffle le chaud et le froid, me perturbe, me torture, elle est ce qui m'empêche de fermer les yeux et de rentrer rejoindre ma mère.

— Tu as peut-être raison, maman, depuis ce qui est arrivé à Chloé, je me laisse malmener, mais ça va changer.

13
Lexie

Je multiplie les aller-retour devant la chambre où il s'est enfermé, j'hésite, je voudrais frapper, le supplier de me pardonner. Depuis que je l'ai rencontré, mon monde est bouleversé. Dire que je souhaitais de la compagnie pour voyager ! Je n'avais pas réalisé à quel point tout mon univers en serait chamboulé.

Aurait-ce été différent si Lucas m'avait accompagnée ? Au moins, je n'ai pas à me reprocher sa perte, je ne l'ai jamais entraîné loin des siens. Ça n'en est pas moins douloureux. Je ne sais rien de lui, rien de l'endroit où reposera bientôt son corps. Et David, que va-t-il lui arriver si je ne fais rien pour le ramener ?

La culpabilité me broie les entrailles, je suis en train de l'éloigner de sa vie, de le condamner. Seulement voilà, je refuse qu'il parte fâché ! J'ai laissé s'envoler Lucas sans un adieu, je ne ferai pas la même erreur avec lui.

Le rêve est terminé, je ne peux plus faire semblant d'apprécier cette légèreté. Je suis en train de sombrer, je le sens dans tout mon être et me raccrocher à David n'est pas une bonne idée.

Que fais-je encore devant sa porte à écouter le silence ? Est-il déjà parti ? Si j'entre, luttera-t-il pour rester ? Nous n'aurions jamais dû nous rencontrer, je n'ai pas le droit de le condamner.

À contrecœur, je fais demi-tour sans le voir, j'erre dans les couloirs en l'imaginant s'en aller, retrouver sa vie et ses amis. Il était si près tout à l'heure, il ne peut que rentrer. Et je me surprends à l'envier, j'aimerais me rappeler des gens qui peuplaient mon quotidien avant.

L'intérieur du bateau est magnifique, mais j'en ai tant visité que je le contemple à peine, blasée. Ce n'est pas ça la vraie beauté. Même les paysages les plus époustouflants ont perdu de leur saveur avec le temps. La solitude me ronge. Sans personne avec qui partager, tout devient fade et insignifiant.

Au hasard, j'entre dans une pièce. C'est une chambre, mais ce n'est pas dans le lit que je choisis de m'effondrer. Je suis sous la douche tout habillée. L'eau tiède sur ma peau n'a plus rien d'apaisant, le plaisir n'est plus le même à présent, je ne ressens rien. Me laver n'est pas utile ici, pourtant je continue par habitude. Un automatisme ridicule !

Je ne prends pas la peine de me sécher, de brosser mes cheveux, je me moque de mouiller les draps, il suffit d'y songer et ils retrouveront leur douceur. Avant, ça m'amusait d'imaginer l'eau quitter ma peau, d'observer les gouttes en suspension et de les laisser disparaître une à une.

Le miracle ne me distrait plus, je ne suis même plus capable de dormir un peu. Les yeux clos, je revois Lucas seul et terrifié, je ressens les angoisses trop longtemps refoulées, le vide de tous ces souvenirs oubliés. Je dois trouver à m'occuper !

Le calme de la chambre est déjà derrière moi, le murmure de l'océan est beaucoup plus plaisant. Je suis en pyjama, un ensemble léger en satin avec lequel je n'ai pas froid malgré l'hiver bien avancé.

L'été est toujours là pour moi et je préfère ça.

Allonger sur le sol en bois, j'observe les étoiles sans être capable de les identifier. J'aimerais pouvoir franchir les portes d'une bibliothèque et me documenter sur les astres, je voudrais savoir pourquoi celle-ci brille autant et ce que signifie cet amas d'étoiles dans le coin.

À quoi bon si j'ai tout oublié dans quelques jours !

Et puis, c'est bien plus amusant, de leur faire prendre la forme que je désire. L'index dirigé vers le ciel, je retrace les contours de son visage, tente de mémoriser chaque détail. Est-il seulement encore là ? Je revois son corps musclé devenir peu à peu translucide. Un frisson me parcourt, je sais qu'il aura bientôt quitté ce monde. Peut-être irais-je vérifier dans un moment.

– Tu ne dors pas ?

Je sursaute au son de sa voix grave, redispose les étoiles d'un mouvement de la main.

– Avec le temps, je ressens de moins en moins la fatigue, je réplique tout en me redressant lentement. Mais toi, tu aurais dû sombrer comme un bébé.

Mon sourire est loin d'être convaincant, je prie pour qu'il n'ait rien remarqué, pour qu'il ne devine pas le soulagement que je ressens à le savoir encore là. Je le regarde s'approcher et s'installer à mes côtés. Son dos se cale contre le montant d'un fauteuil, il étire ses longues jambes sur le sol. Il est toujours en jean, toujours dans ce vieux tee-shirt que j'ai inondé de larmes un peu plus tôt.

— Mes amis, ma famille sont là dès que je ferme les yeux, leurs voix m'empêchent de dormir.

Il ne me regarde pas, il scrute le ciel alors que je suis incapable de le quitter des yeux. Dire que je croyais qu'il s'en irait et qu'il est toujours là ! Pourquoi ? Que s'est-il passé dans cette chambre qui l'a empêché de rentrer ? La réalité m'effraie beaucoup trop pour oser l'interroger.

— On doit sans doute être en plein jour, tu devrais attendre un peu.

Je devrais surtout me lever et m'isoler, garder mes distances pour lui laisser une chance de se trouver. Pourtant, je ne bouge pas, je sens ma volonté flancher. Son bras nu me frôle et j'en espère davantage, je veux son corps contre le mien, cette chaleur réconfortante, cette sensation d'exister. Son pouvoir sur moi est terrifiant.

S'il savait comme les rires me manquent, les discussions sans intérêt, les petites choses de la vie qui font qu'on se sent important… Les mots s'échappent malgré moi :

— Tu sais ce qui me manque le plus ?... Avoir des projets, un but, même insignifiant. J'aimerais pouvoir me lever le matin en sachant que ma journée sera trop chargée et que je rentrerai épuisée. Parfois, j'imagine que quelqu'un m'attend, qu'il nous prépare à dîner, qu'il s'impatiente de me retrouver. Peut-être qu'il serait contrarié parce que j'ai traîné en chemin. Notre dispute sera sûrement intense et ridicule, mais je souhaiterais quand même rentrer.

Son regard gris est sur moi indéchiffrable, il a délaissé les étoiles. Je crois un instant qu'il va m'enlacer comme il l'a fait chaque fois qu'il m'a sentie vaciller. Un geste et je suis contre lui, et je l'entraîne avec moi. Je devrais m'éloigner, fuir, pourtant je reste là.

— C'est pour ça que tu me malmènes ? Tu te prépares pour une tempête conjugale, ironise-t-il sans me quitter des yeux.

Son visage parle bien plus que ses mots. C'est comme s'il m'avouait qu'il veut être ce gars-là, celui qui patientera une fois rentré. Il est l'espoir que je croyais ne pas mériter, la vie dont je me suis sentie exclue. Nous nous dévisageons en silence, ses lèvres se rapprochent, je ne suis plus capable de penser.

Le baiser est plus doux que tout ce que j'avais envisagé, plus merveilleux aussi, il secoue mon cœur et mon corps, me redonne l'envie de lutter. Puis, un souvenir s'impose et je me fige.

Quelqu'un l'attend déjà !

— Chloé, c'est ta copine ?

L'embarras que j'imaginais ne vient pas. Mieux, il ne s'éloigne pas.

— Non, c'est ma sœur.

C'est peut-être bien la première fois que je me sens soulagée de m'être trompée ! Il éprouve pour elle ce que je ressens pour Lucas. Rien ne se dresse entre lui et moi, ou plus si, tout un monde. C'est beaucoup et si peu à la fois, c'est ce qui nous sauvera ou nous condamnera. Je me mords la lèvre inférieure, hésitante, et il sourit. Nos bouches se sont à peine frôlées, ce n'est pas suffisant, mais il vaudrait sans doute mieux éviter.

— Que lui est-il arrivé ?

— C'est une infirmière fraîchement diplômée, passionnée, elle passait sa vie au boulot, rentrait tard, se levait tôt… Un chauffard l'a renversée dans une rue déserte à six heures du matin. Il n'y a aucun témoin, il l'a laissé sur le sol, agonisante.

Cette douleur dans ses yeux me renvoie à la mienne : le chagrin de ne plus revoir Lucas, la peur de ne jamais rentrer, d'être condamnée.

— C'est horrible !

— Comme ce qui a dû t'arriver.

Il est si proche, c'est presque si j'attends ses lèvres. S'il n'y a plus d'espoir, je voudrais goûter une dernière fois au bonheur.

— Donc, tu n'as pas de petite-amie ? j'insiste tandis qu'il sonde le fond de mes yeux clairs.

— En quoi est-ce important ?

Mais il n'attend aucune réponse, il glisse une main dans le creux de mes reins pour m'attirer à lui. La sensation m'enivre et j'oublie l'éventuelle copine s'inquiétant de l'autre côté. Il a raison. Quelle importance puisque ce n'est qu'un rêve ! Un rêve si réel que j'en chérirai le souvenir.

14
David

Mon cœur palpite si rapidement que je le sens dans ma gorge, mes tempes, et jusqu'au bout de mes doigts. Je n'avais jamais éprouvé un bien-être si intense, un bonheur si violent. La culpabilité que j'imaginais ressentir ne vient pas. Dans ce monde, mon Ange n'existe pas. Suis-je en train de me perdre ou de ranimer mon cœur ?

Ses mains se faufilent dans mes cheveux, sa langue trouve la mienne. Il y a tant d'urgence et de désespoir dans ses gestes que je la serre plus fort. Je voudrais ne plus jamais la lâcher, la ramener avec moi de l'autre côté. Sans être capable de l'expliquer, il me faut la sauver.

Doucement, je ralentis notre baiser, pose mes mains sur ses joues, j'ai besoin de lui parler. Je n'ai pas ouvert les yeux qu'un vide immense me glace jusqu'au sang. Mes doigts rencontrent le néant et tout mon corps se fige. Elle n'est plus dans mes bras.

La panique m'envahit, je l'imagine partie ou rentrée sans que je ne sache où la trouver. D'un bond, je me redresse. Du regard, je parcours le pont. Disparaît-on si rapidement ?

Puis, je la repère et ma respiration se calme brutalement. Ses jambes sont repliées sur sa poitrine, ses bras les emprisonnent, un détail l'a effrayée, mais j'ignore quoi en penser.

— J'ai fait quelque chose qu'il ne fallait pas ?

Prudemment, je me rapproche, je veux la rassurer, quelles que soient ses appréhensions. Ses yeux verts hurlent sa détresse, mais son sourire est diabolique.

— Je suppose que j'ai déjà embrassé, c'est juste que je ne m'en souviens pas.

Sa déclaration me perturbe, me surprend, je ne suis pas sûr de comprendre. Regrette-t-elle de l'avoir vécu avec moi ou s'inquiète-t-elle de manquer d'expérience ?

J'hésite, je bafouille, j'ai peur de ne pas trouver les bons mots.

— Alors… je suis un peu… ton premier !

Ma tentative pour alléger l'ambiance semble vaine. Le problème est plus profond.

— Parce qu'il t'arrive souvent de rêver d'embrasser une inconnue ?

Sa malice est de retour et ce n'est pas bon signe. Pourtant, je joue le jeu. Et tout en parlant, je m'assois en tailleur le plus près possible d'elle.

— OK… disons que… tu es ma première aventure de ce monde. Est-ce mal ?

Sa grimace confirme mes doutes. Je commence à la connaître, ma chimère n'aime pas évoquer les choses sérieuses. Son regard me fuit, elle contemple un instant les étoiles. Va-t-elle encore me distraire avec l'un de ses tours de magie ?

— Si le rêve devient plus beau que la réalité, ça pourrait l'être.

Elle l'a dit ! Il ne s'agit pas de ses craintes ou de ses ignorances, mais de moi. Moi qui ai choisi de laisser mon corps agoniser pour ne pas l'abandonner. Les mots de ma mère me reviennent : mon état n'est pas alarmant, je vais me réveiller. Je peux encore patienter, mais est-ce le cas de Lexie ?

— Donc… tu as peur qu'à cause de tes baisers, je ne veuille plus rentrer ?

Cette fois-ci, elle rit franchement. Je sens la diversion approcher !

— Ça serait prétentieux de ma part.

Il est temps d'abattre mes cartes.

— Et si tu partais la première, on pourrait dire que le problème est réglé ?

Ses yeux verts se voilent, elle n'aime pas mes interrogations. Je suis à deux doigts de la perdre, je prends sa main pour l'empêcher de m'échapper.

— Les miracles ici ne sont rien de plus qu'une illusion.

Son amertume me vrille le cœur, il me faut une solution. Je voudrais l'entraîner vers la chambre et comme je l'ai fait plus tôt, contempler son corps sur l'écran. Un seul indice pourrait faire toute la différence.

— Laisse-moi au moins essayer.

Elle souffle bruyamment, tourne son visage vers le ciel nocturne et je resserre mon étreinte autour de ses doigts. Pas facile de la convaincre de se battre !

— Je te propose un deal… Tu m'aides à découvrir des signes de ton passé et en échange, je t'offre mes baisers.

Mon audace lui arrache un gloussement et son regard me rend l'infime espoir que j'attendais tant.

— Je n'ai jamais dit que je souhaitais recommencer.

Son sourire est timide, son mensonge est flagrant et je me penche pour mieux la provoquer.

— Alors peut-être que tu voudrais voyager ?

Une étincelle naît dans ses yeux. Peu à peu, il semblerait que je parvienne à l'amadouer. C'est l'occasion rêvée pour en profiter ! D'un mouvement fluide, je nous redresse, mais voilà qu'elle recommence à s'inquiéter.

— Tu ne te serais pas un peu oublié ? Tu devrais retourner voir Chloé.

C'est un rejet de plus que je préfère ignorer. Son prénom sur ses lèvres rend la perte plus douloureuse. Elle, je ne pourrai pas la sauver ! Si seulement, la situation n'était pas si compliquée.

— Donc, tu souhaites découvrir où je vis ? je raille pour retrouver un peu de légèreté avant de la conduire à l'intérieur. Viens avec moi.

Lexie ne proteste pas, elle ne m'interroge pas alors que nous longeons le couloir pour regagner la chambre. Je me demande si elle a la moindre idée de ce que je m'apprête à tenter.

— Je te préviens, je ne couche pas le premier soir ! ironise-t-elle, en m'observant m'installer sur le matelas.

Je souris à sa raillerie, mais le cœur n'y est pas. Comme elle, j'appréhende que ça ne fonctionne pas.

— Tu as déjà testé ? je lui demande, récupérant la télécommande restée sur le lit.

Elle la fixe, interloquée, tandis que je la lui glisse de force entre les doigts. Le temps s'étire, je sens sa peur, ses hésitations. Si j'appuie à sa place, obtiendrai-je le même résultat ?

Soudain, l'écran s'allume. Comme pour moi un peu plus tôt, les chaînes ne diffusent aucune émission, on ne peut voir rien d'autre que la vie laissée derrière nous. Lexie zappe et sa chambre apparaît. Le sol est couvert de moquette épaisse et de nombreux tableaux illuminent les murs.

Elle n'est pas à l'hôpital, l'endroit est luxueux, bien loin de ce à quoi je m'attendais. La vue change et son visage s'affiche en gros plan. Sa peau est pâle, ses traits marqués, elle est méconnaissable. Le choc est brutal.

15
Lexie

J'en ai vu des corps inanimés, agonisants, mais je ne pensais pas ressentir un tel désarroi face à cette part de moi. Un froid violent m'envahit, je sens la mort sur ma peau et dans ma chair. La fin approche, je n'avais pas conscience d'être aussi près de basculer.

Cette découverte me glace jusqu'au sang, anéantit cet infime espoir, ce bien-être qu'a réveillé son baiser. Le problème n'est plus là ! Pourquoi s'acharner, s'entêter dans un rêve qui ne signifie rien ? David voulait me sauver, il va devoir accepter qu'il est temps pour moi de m'en aller.

Lentement, je me détourne de ses images insoutenables. Doucement, je m'éloigne sans me préoccuper d'où me portent mes pieds.

— Attends ! me retient David.

Ses doigts autour de mon poignet ne me surprennent pas, sa détermination m'arrache le cœur. Je ne suis qu'une inconnue, une insupportable sorcière, et pourtant, il ne m'abandonne pas. Pourquoi ? Je ne mérite pas tant d'attention, je ne pourrai jamais renoncer s'il est à mes côtés.

— Regarde, murmure-t-il, me tirant de mes pensées.

Le spectacle est une torture que personne ne souhaiterait s'infliger, mais par réflexe, je me tourne vers l'écran. Une femme en blouse bleue vient d'apparaître dans un coin de la télévision, elle se penche sur les machines près du lit, puis s'attarde sur les perfusions avant de contempler le visage pâle et endormi. Soudain, ses lèvres s'animent et je réalise qu'elle me parle. Il me faut me concentrer pour percevoir ses mots :

« Werner viendra demain, il a été très occupé ces jours-ci, mais il ne vous oublie pas. Vous êtes importante pour lui, vous le savez, j'espère ? »

Son ton est enjoué, sans pour autant être forcé. Elle a l'air d'avoir l'habitude de me côtoyer, pourtant, rien chez elle ne m'est familier. N'est-elle vraiment qu'une employée ? À part le lit, aucun détail n'évoque l'hôpital, la pièce est vaste et élégamment meublée. Ma famille a de l'argent.

La peur et la joie se mêlent à mon cœur, des larmes inondent mes joues… Même si rien ne m'est coutumier, je suis de retour à la maison ! *« Et si on visionnait votre série préférée ? J'ai réussi à vous obtenir la dernière saison. »* poursuit l'infirmière sans se soucier de l'immobilité du corps à ses côtés.

Un écran apparaît de la banquette au pied du lit et la femme s'installe sur un fauteuil en cuir de toute évidence hors de prix. La musique d'un générique bourdonne à mes oreilles, mais j'ai beau me concentrer, je n'ai aucune idée de ce que je m'apprête à regarder.

– Que dit-elle ?

La voix de David m'éloigne de la maison et la contrariété que j'en ressens me surprend. Dire que j'ai toujours appréhendé de me noyer dans la réalité et me voilà prête à plonger !

— Werner viendra demain, je murmure sans quitter l'écran des yeux.

De l'autre côté, plus rien ne bouge et le bruit de la télévision me donne mal au crâne, mais je m'acharne, je me raccroche à cette étincelle de vie que je n'espérais plus.

— C'est ton petit ami ? m'interroge-t-il, hésitant.

S'inquiète-t-il de découvrir que quelqu'un m'attend ou est-ce ma réaction qu'il le rend nerveux ? Mon regard est obstinément fixé sur la réalité. Je cherche en moi les souvenirs qui refusent de revenir. Qui est ce Werner ? L'aurait-elle appelé ainsi s'il s'agissait de mon père ? Et si j'avais un petit ami, m'aurait-il attendu tout ce temps ?

La série se poursuit et je m'en éloigne à contrecœur. Je dois me faire une raison, je n'aurai rien de plus aujourd'hui.

— On le saura demain, je déclare, me forçant à lui sourire, m'obligeant à éteindre l'écran.

Je préfère ne pas être tentée, je refuse de passer mes journées à espérer devant une vision de moi inanimée. Sans l'image de mon corps immobile, le vide dans ma poitrine est immense, dire que je n'en avais pas conscience ! Je suffoque, peine à rassembler mes idées, j'ai tellement peur d'envisager que je pourrais rentrer.

Soudain, des bras m'enveloppent et les angoisses se dissipent momentanément.

Pourquoi faut-il qu'il m'enlace chaque fois qu'il me sent flancher ? Qu'ai-je fait pour mériter sa présence à mes côtés ? Peut-il vraiment m'aider ou sommes-nous tous les deux condamnés ?

– On a le temps jusqu'à demain ! susurre-t-il dans mon cou. Alors… où voudrais-tu aller ?

Le monde à ma portée a perdu de sa saveur, le rêve s'est terni, mes choix me terrifient. J'ai peur de trop vite oublier. Comme lui, j'aimerais me sentir confiante, ne pas redouter de m'éloigner.

Toujours dans ses bras, j'inspire bruyamment, je cherche en moi le calme, la beauté d'un monde à peine effleurée. J'ai envie d'exotisme et de chaleur, de couleur et d'irréel. Le bois du pont sous nos pieds est remplacé par de la pierre plus rugueuse et glacée. Le soleil levant nous éblouit et David me sourit en vérifiant où nous nous trouvons. Mon choix fait son effet, le paysage est à couper le souffle.

Entre les murs blancs des habitations, l'ocre des cheminées de fée et les couleurs vives des montgolfières, la palette est extraordinaire, elle me redonne du baume au cœur. C'est fascinant et dangereux, voilà que je désire me perdre à nouveau !

— Où sommes-nous ? murmure-t-il semblant redouter que ses mots rompent le charme.

Lentement, il s'avance jusqu'à une balustrade en fer forgé. La terrasse où nous sommes est immense, elle est couverte par endroit de tapis coloré et dans un coin une profusion de coussins appelle à la détente. Tout ici m'est familier, sans que je parvienne à l'expliquer.

— À Göreme en Turquie.

Le nom des lieux me vient si facilement ! Chaque fois, ça me surprend, et à l'évidence, David aussi. Il ne contemple plus le soleil se levant sur la plaine aride, il me dévisage, stupéfait.

— Tu es déjà venue ici ?

Sans doute s'imagine-t-il qu'un souvenir m'est brutalement apparu. Il risque d'être déçu ! Comme je voudrais que ça soit si simple, que la vue de mon corps endormi ait tout changé. Je ne me suis jamais sentie aussi égarée.

— Je ne sais pas, j'aime cet endroit.

À mon tour, je me perds dans la contemplation des ballons colorés, des pics impressionnants… Est-ce que ça existe bel et bien ou est-ce moi qui l'ai inventée ? Mon compagnon de voyage est silencieux, je sens le poids de son regard sur mon dos. Attend-il des précisions ?

— David ! J'apprécie beaucoup d'endroits, je proteste en me tournant dans sa direction.

J'aurais mieux fait de l'ignorer ou peut-être est-il temps d'organiser une balade en montgolfière ? Ses yeux gris brillent d'une étincelle déterminée, c'est plus déstabilisant que je ne l'aurais pensé. Il a un pouvoir sur moi que je suis incapable d'expliquer, c'est plus terrifiant que mon retour à la réalité. Et s'il n'était qu'une illusion, si je ne survivais pas à notre séparation ?

— Et si le hasard n'existait pas, si chacun de tes choix avait une signification ?

Mes interrogations sont moins déstabilisantes que les siennes. Il m'insuffle un espoir dont il serait dangereux de croire. Je redoute que ça ne m'apporte rien de plus que de la déception. Me relèverai-je s'il était le seul à rentrer ?

— Ça ne nous aide pas de savoir que ma famille a de l'argent et que j'ai voyagé.

Il s'éloigne et j'en profite pour respirer, pour contempler son magnifique postérieur moulé dans son jean griffé. J'ai soudain besoin de légèreté.

— Je trouve que c'est un pas de plus vers toi, s'entête-t-il sans se soucier de mon désarroi.

Ses mots ont perdu leur sens, je préfère redécouvrir les plaisirs d'orient. Le rythme sensuel et entraînant de ce pays me vient à l'esprit et un son de tam-tam et de maraca résonne depuis le village en contrebas, faisant écho à mes pensées. Je souris, j'aime obtenir tous mes désirs. Décidément, je suis une créature influençable !

— J'ai envie de danser, je glousse, me déhanchant sur la musique.

Tout mon corps s'anime, je me sens emportée par l'instant. Dans mon rêve, je suis entourée de superbes danseuses orientales aux belles tenues colorées. J'y songe et me voici habillée. Mon ventre est nu, mais mes membres sont couverts de magnifiques étoffes translucides agrémentées de jolies pièces dorées tintant au rythme de mes déhanchements. C'est doux et enivrant, ça allège mes tourments.

Mon spectacle fait briller les yeux de David. Il croise les bras sur sa poitrine en s'accoudant à la balustrade. Soudain, le paysage n'a plus rien de fascinant.

— Tu noies le poisson, marmonne-t-il pourtant très intéressé par la scène.

Je voudrais le voir sourire aussi, et qu'il danse avec moi. Je ne sais plus rien du plaisir et de l'amour, je souhaiterais éprouver ces sentiments une dernière fois.

– Je croyais que c'était l'heure de la pause !

16
David

Dans un monde où le ciel réagit à vos humeurs, difficile d'avoir la notion du temps. J'ignore s'il vient de se passer quelques minutes ou quelques heures. Lexie ne danse plus, elle a gagné l'intérieur. Elle n'est plus la même depuis qu'elle a découvert son corps, elle a peur et je me sens impuissant.

Pour ne rien arranger, ma vie n'a de cesse de me rappeler. *« Tu verrais ta tronche, mon pote, c'est flippant ! Si j'étais Angélique, je demanderais une décharge pour ne plus avoir à t'embrasser. »* raille une voix de l'autre côté. Il n'y a que John pour rire d'une telle situation, j'ai toujours envié sa dérision ! Une seconde d'inattention et Göreme s'envole.

Je me suis figé et ma chimère l'a remarquée. C'est ce qui explique qu'elle se soit éloignée, elle sait que je devrai bientôt rentrer. Dire que ses déhanchements m'ont envoûté et que j'ai du mal à me concentrer !

La réalité s'est faite un instant bien trop présente. Le drap sur ma peau, le goutte-à-goutte des perfusions… Tous ces détails viennent me rappeler que je n'ai rien à faire à ses côtés. Je préfère les ignorer.

L'hôtel où nous nous trouvons est luxueux, la chambre est immense et élégamment décorée. La télé est allumée, Lexie est installée dans un large canapé en cuir beige. Elle a délaissé son costume de danseuse pour une tenue plus confortable, elle n'en est pas moins sublime.

Je la contemple avant de me rapprocher. Sur l'image, rien ne bouge, je me demande ce qui la fascine tant. Son immobilité est déstabilisante, son regard vide me ferait presque paniquer. À Cannes, Chloé avait la même expression désorientée, alors je me glisse entre elle et l'écran.

— Je croyais que tu ne voulais pas devenir l'un de ces zombies terrifiants !

Elle se redresse, comme prise en faute, et se détourne maladroitement, elle n'est plus d'humeur à plaisanter.

— Et si je partais sans rien savoir de ma vie ?

Sa voix tremble, ses yeux sont pleins de larmes et je me sens coupable. Elle était heureuse avant de me rencontrer, ma découverte l'a transformée. Pire, je l'ai brisée. Je lui ouvre les bras et l'oblige à s'y blottir.

— Viens là.

Lentement, je la berce, je lui murmure des mots réconfortants et je sens son sourire naître dans mon cou.

— Il va vraiment falloir que tu arrêtes de m'enlacer !

Elle rit et je ris avec elle. Je remonte mes mains dans son dos, les faufile sous sa nuque et les pose sur ses joues humides.

— Tu as peur de ne pas pouvoir me résister ?

Ses dents mordillent l'intérieur de sa lèvre inférieure, son sourire s'est effacé.

— Je… On sera bientôt séparés, je préfère ne pas m'attacher.

Ses mots sont hésitants, ils font écho à ce que je ressens. Le monde réel m'appelle, je l'entends, mais mon cœur a besoin d'elle. C'est incompréhensible, je ne la connais pas, pourtant je suis là à lutter pour rester à ses côtés. Me battre contre la vie ne me ressemble pas. Si je pars sans l'avoir à nouveau embrassée, je sais que je vais le regretter.

— Aurais-tu passé moins de temps avec Lucas si tu avais su que tu ne le reverrais pas ? Ne crois-tu pas qu'on devrait se contenter d'en profiter ?

Même s'il ne s'agit que d'une nuit, une heure, une journée, je voudrais vivre l'instant sans me soucier de ce qui nous attend. Ses yeux me murmurent qu'elle le pense aussi et sa peau rosit sous mes doigts. La question qu'elle me pose ensuite me surprend.

— Je te plais ?

Elle est magnifique, elle ne le sait même pas, elle est drôle sans en avoir conscience. J'aimerais connaître la Lexie du vrai monde, je voudrais qu'elle me parle de ses passions, qu'elle me conte sa vie.

— Beaucoup, je déclare, savourant l'esquisse d'un sourire plein de malice.

— Je ne suis plus insupportable ?

— Tu es adorablement insupportable.

Elle se dresse sur la pointe des pieds, elle est prête à m'embrasser.

— Je vais t'en faire voir de toutes les couleurs !

Et sans me laisser le temps de riposter, elle fond sur ma bouche. Elle n'est ni tendre ni délicate, elle m'offre tout sans retenue. Ses doigts sont partout sur moi, ils m'incitent à m'égarer, me convainquent de ne pas l'abandonner.

Le bonheur ne dure pas. Soudain, elle frissonne et s'écarte. Sur l'écran derrière nous, une silhouette vient d'apparaître. L'homme est grand et élégant, il a les cheveux courts et grisonnants. Il se penche pour embrasser son front et ses tremblements redoublent.

— Soit tu as un faible pour les hommes mûrs, soit Werner est ton père ! je commente sans même dissimuler la jalousie dans ma voix.

Mais ma raillerie ne l'atteint pas, elle ne m'entend pas. Les lèvres de l'homme bougent et elle se concentre sur lui. Je souhaiterais savoir ce qu'il lui dit, je voudrais qu'elle me parle de lui.

C'est un espoir pour elle. Pour moi, c'est douloureux. Nous nous connaissons à peine et pourtant, j'ai peur de la perdre, de retrouver ma vie, de devenir fou en attendant le retour de Chloé.

Le fameux Werner s'installe dans un fauteuil design, il a des airs de Georges Clooney, elle ne le quitte pas des yeux. Un livre entre les mains, voilà qu'il lui fait la lecture ! Combien de temps va-t-elle rester ainsi sans bouger ? Je devrais peut-être me trouver de quoi bouquiner.

Elle se tourne et je la découvre désemparée.

— Cette femme n'est pas moi, elle aime des choses qui ne me parlent pas, côtoie des gens que je ne connais pas. Tu as dit que nous devions en profiter, laisse-moi-le faire à ma façon.

Ses mots sont une torture. Dire que je souhaitais l'aider et que je l'ai fait souffrir ! Et voilà qu'elle me demande de renoncer.

— Donc tu ne sais rien de plus ?

Mes mains sont sur sa nuque, je couvre son visage de baisers, j'aimerais pouvoir la consoler.

— Il a un drôle d'accent.

Je dois me faire violence pour ne pas insister, il y a tellement de régions qui ont leur propre intonation. Il est même plus probable que Werner soit l'étranger dans sa région. A-t-elle seulement encore une chance de rentrer ? Pour l'heure, je ne souhaite que lui rendre son insouciance.

— Je suis tout à toi !

17
Lexie

Décidément, ses baisers sont merveilleux ! Ils pansent mes plaies, apaisent mes angoisses, rassurent mon cœur meurtri… À ses côtés, je n'ai plus peur, ni de l'incertitude ni de la mort. Je ne veux plus songer à ce monde perdu pour toujours, à cet homme qui n'est pour moi qu'un inconnu. La réalité n'est que douleur et je ne souhaite plus souffrir, je préfère m'éloigner, retrouver la douceur d'un rêve sans nuages.

— A-t-on vraiment besoin de plus ? susurre-t-il entre deux baisers.

Lui, moi et cet univers sans âme… Sa proposition ne devrait pas être à ce point tentante, elle ne devrait pas gonfler mon cœur de bonheur. Renoncer à la vie n'a rien de réjouissant, alors pourquoi suis-je si heureuse ?

Je nous emporte loin, dans un lieu sans âge. La muraille de Chine serpente au cœur d'une végétation verdoyante et je m'extirpe de ses doigts pour retrouver ma liberté. Je cours droit devant, savourant mes cheveux au vent et la pierre usée sous mes pieds. David est dans mon dos, j'entends ses pas se rapprocher. Son bras s'enroule autour de ma taille et je crie alors qu'il me stoppe en plein élan.

Je ne lui laisse pas le temps de respirer que déjà nous sommes à l'autre bout du monde. Partout des étendues de couleurs, des arbres en fleurs… Je repousse David et me précipite le long des larges allées. Il paraît que le parc d'Hitsujiyama est fantastique au printemps, nous avons beau être en hiver, la magie opère. La présence de David change la donne, je retrouve le goût du risque, l'envie de tout expérimenter. Son rire résonne à mes oreilles, il a trouvé son rythme et trottine à mes côtés.

— Que t'a-t-il dit qui te fasse courir si vite ?

Je n'aime pas ce retour brutal à la réalité.

— Rien d'important. J'ai simplement compris que je ne souhaitais pas rentrer.

Mes mots ne lui plaisent pas, je m'en doutais. Ses mains sont sur mes poignets, il m'oblige à le regarder. Ses yeux gris sont pleins de colère, j'ai envie de m'échapper. Les fleurs du Japon se sont envolées, nous sommes au bord d'un précipice d'où grondent des chutes impressionnantes. La frontière zambienne possède cette aura surréaliste que j'affectionne tant. Malheureusement, le vacarme assourdissant de l'eau ne suffit pas à couvrir le son de sa voix.

— Alors tu baisses les bras ?

Tout dans sa réaction est douloureuse pour moi, je hais qu'il ne comprenne pas.

— Je croyais que nous étions d'accord, David. Plus de questions, donne-moi juste quelques heures et tu rentras chez toi.

Il fronce les sourcils tandis que mon sourire s'étire. Il n'a pas dit son dernier mot, mais je ne le laisse pas riposter, je le pousse vers le précipice en fredonnant un air inconnu.

— Tu as déjà fait le grand saut ?

La surprise se lit dans ses yeux, ma danse ne le trompe pas, il sait que je détourne son attention. Mon corps contre le sien, il ne me retient pas, il n'a pas encore saisi ce qui l'attend.

– Lexie, qu'est-ce que tu fais ?

Soudain, il se fige, mais il est trop tard. Nos pieds ont rencontré le vide et la brume nous engloutit. Ses bras me serrent plus fort et je réponds à son étreinte. Il crie et je crie avec lui. J'imagine le contact de l'eau, sa pression sur ma peau, la protestation de mes poumons… Le choc arrive, bien loin de ce à quoi je m'attendais.

Nous roulons sur une herbe verte et haute, et il rit tandis que je marmonne :

– Tu as triché !

– Je n'étais pas prêt, réplique-t-il sans se soucier de l'endroit où nous ont entraînés ses appréhensions.

Pour moi non plus ça ne compte pas, je ne peux détacher mon regard de son visage torturé. Dans ses yeux, ses mots veulent dire toute autre chose, ils me touchent, me blessent, alors qu'ils ne devraient pas.

Je veux ses caresses et ses baisers, je veux tout expérimenter. Ma bouche plonge sur la sienne et il grogne en me mordillant la lèvre inférieure. Mes gestes se font plus pressants, ma respiration est saccadée, mais jamais je ne cesse de l'embrasser. Mes mains courent sur sa peau, mon torse se plaque contre le sien, je suis entreprenante et ça me surprend.

— Montre-moi ce qu'est l'amour.

Voilà une phrase qu'en temps normal, je n'aurais jamais osé prononcer, mais ses caresses m'incitent à me confier, et lui commente entre deux baisers :

— Dans le vrai monde… on s'invite d'abord à dîner… on va au cinéma… on s'assure de s'apprécier… avant de passer… aux choses sérieuses.

Tant d'expériences que je ne vivrai pas. Mon cœur se serre à cette pensée et je préfère la chasser. J'ai besoin de légèreté.

— Toi et moi, on sait déjà qu'on ne se supporte pas, je raille promenant mes lèvres le long de sa mâchoire et de son cou. Je ne t'ai pas demandé de m'épouser, juste de me faire ressentir une dernière fois.

Il rit et ses mains courent dans mon dos. Des frissons parcourent ma chair au passage de ses doigts, la brise légère rafraîchit ma peau que ses gestes embrasent. Son odeur musquée m'emplit les narines et je tremble, je tremble vraiment. Chacun de mes organes réagit à sa manière, mes poumons s'affolent, mon estomac se contracte, ma vision se brouille… C'est comme s'ils reprenaient vie peu à peu. C'est exaltant, terrifiant, et j'en redemande, même si ce n'est que provisoire. Juste une parenthèse, je me convaincs. Quelques souvenirs merveilleux pour lutter encore un peu.

Son contact m'électrise, je savoure sa douceur, sa fermeté, c'est une sensation unique et enivrante, c'est plus intense que tout ce que je n'ai jamais éprouvé. Nous ne sommes plus deux inconnus, deux âmes égarées qui cherchent à se sauver, nous sommes deux êtres seuls au monde que rien ne pourra plus séparer.

Je nous imagine au paradis, les Adam et Ève d'une île déserte, des naufragés luttant ensemble pour s'en sortir. Il me plaque si fort contre lui que je chavire et nous roulons dans l'herbe fraîche. Nos dents s'entrechoquent, nos langues se promettent tout ce que nos mots n'oseront pas. J'avais oublié ce que ça faisait de ressentir.

Nos membres se cherchent, s'emmêlent, un instant je suis sur lui, celui d'après son corps pèse sur moi délicieusement. Le sol n'est plus humide, c'est doux, c'est chaud, je m'enfonce agréablement et nous stoppons tous les deux pour vérifier où nous nous trouvons. Le soleil est de nouveau prêt à se coucher, les vagues lèchent nos pieds nus, le sable blanc se faufile dans mes cheveux, nous sommes sur la plage paradisiaque qui m'a traversé l'esprit un peu plus tôt.

— Désolée, j'ai dû m'emballer !

David prend appui sur ses avant-bras pour mieux contempler le paysage rougi par un début de soirée. Puis il remarque ma robe ivoire remplaçant mon legging et mon tee-shirt, sa chemise entrouverte, son short rayé à la place de son jean et il rit aux éclats.

— Donc, tu apprécies les coincés du dimanche ?

Sa raillerie fait rosir mes joues et accélérer mon pouls. J'ai un peu honte d'avouer qu'il m'a plu dans cette tenue dont je l'avais fagoté uniquement pour me moquer.

— Sur ce coup-là, tu fais exception.

— Ma petite sorcière est de retour, glousse-t-il en nous faisant rouler sur le sable.

Il recommence à m'embrasser, à me toucher de partout et j'en fais tout autant. Ses doigts se faufilent sous ma robe et je me cambre pour lui faciliter l'accès. Mes tourments sont loin, la réalité n'a plus d'importance, il n'y a plus que lui et moi et nos deux corps qui semblent si bien s'entendre.

Tout mon être répond au sien, nos gémissements s'accordent, nos hanches bougent à l'unisson. J'ai beau ne rien y connaître, tout me vient naturellement. Mes mains qui se faufilent sous son short, qui se plaquent sur ses fesses pour accentuer cette douce pression entre mes jambes.

Soudain, le sable sur ma peau fait place à des draps frais, nos vêtements ont disparu et j'aime que cette initiative ne vienne pas de moi. J'aime que plus rien n'empêche son sexe dur de venir à la rencontre de mon désir, je suis au paradis et j'en veux au destin de choisir cet instant pour me renvoyer au présent.

Mes forces s'amenuisent, j'ai froid, les bourdonnements des machines ont repris leur rythme régulier. Ça faisait si longtemps que je n'avais plus retrouvé le monde sans faire l'effort de me concentrer. C'en est presque perturbant !

« Lexie, je suis là, tu n'es pas seule, tu n'as pas à avoir peur… Les infirmières m'ont dit qu'il y a eu quelques améliorations, si tu savais comme ça me fait plaisir ! »

Je sens sa main dans la mienne, la force et la douceur d'un homme que je ne connais pas. Werner est de retour et la situation devient terriblement embarrassante. C'est comme se faire surprendre dans sa chambre d'adolescente, comme découvrir que nous avons un public.

— Tu crois que tes amis comprendront que tu es excité ? je marmonne et David se fige à son tour, réalisant que nous sommes nus, que les lieux ont changé.

— Merde… merde… c'est moi qui ai fait ça ?

Il se redresse d'un bond, parcourt la petite chambre où nous nous trouvons et sans hésiter ouvre un tiroir et en sort un boxer, me tend un tee-shirt.

— Putain, je suis désolé, grogne-t-il de plus belle en se passant une main tremblante dans les cheveux.

Il paraît gêné, déstabilisé, et je ne comprends pas ce qui le met dans cet état. J'éloigne la réalité trop présente, le froid trop mordant, j'enfile le haut immense qu'il vient de me confier et doucement, je fais un pas vers lui.

— Hé ! Ce n'est pas si grave.

Pour une fois, c'est moi qui le prends dans mes bras, qui le rassure de mes gestes tendres. Mes doigts retrouvent son corps, mes baisers s'attardent sur les tatouages de sa poitrine, et les battements de son cœur dissipent ce sursaut de vie terrifiant.

Au début, je crois que nous allons reprendre où nous nous en sommes arrêtés, retrouver le désir, la magie, mais il écarte mon visage de sa peau, l'encadre de ses mains râpeuses, et son regard gris plonge dans le mien.

— Je suis désolé parce que si ça se trouve, tu es encore vierge et que je viens de nous foutre à poils sans préliminaires.

18

Lexie

Il est incroyablement sérieux tandis que je me mords la joue pour ne pas rire. Voilà ce qui l'inquiète tant ! Il a peur de me blesser, de me brusquer, il n'a toujours pas compris que rien ne compte ici, que même si nous le faisons, il ne me prendra rien, ni virginité ni innocence. Ce n'est qu'un rêve que nous alimentons ensemble et j'aimerais juste l'alléger un peu avant que lui ne se réveille.

— Ton public a dû adorer te voir lever l'ancre, je le taquine en pouffant.

Il rit avec moi et ses doigts retrouvent enfin la naissance de mes reins.

— Tu veux vraiment me traumatiser !

Je crois que c'est la première fois qu'il ne s'agace pas de mes reparties déplacées, qu'il se contente de savourer l'instant. Il m'enlace plus étroitement, me fait tourner, il me couvre de baisers. De nouveau, il se fait sauvage, me plaque contre le mur, soulève mon haut... Puis il stoppe net, se contraint à respirer lentement, s'écarte sans me quitter des yeux. Son regard s'attarde sur mes jambes nues, il semble hésiter et j'ignore comment l'interpréter.

— Je vais essayer d'y aller en douceur, mais ça va être difficile parce qu'avec mon tee-shirt sur le dos, tu me rends dingue, précise-t-il en s'appuyant contre un petit bureau qui fait l'angle.

Son tee-shirt ? Ses affaires ? Derrière lui, une grande baie vitrée donne sur un jardin fleuri. C'est une belle maison sans prétention et je comprends que nous ne sommes pas là par hasard, que la réalité nous a bel et bien rattrapés.

— Donc il s'agit de ta chambre ?

Une photo sur la table de nuit me confirme l'impensable, lui n'a pas oublié. J'ai eu beau l'éloigner, lui ne s'est pas égaré. Chloé sourit à l'objectif, elle paraît plus jeune tandis que lui n'a pas beaucoup changé. Entre eux, une femme belle et élégante les enlace tendrement. Elle a des airs de sa sœur et un regard si triste que mon cœur proteste violemment. David vient de décider de rentrer, pas pour Chloé, pour ses amis, mais pour elle. D'ailleurs, lui aussi s'est laissé distraire par le portrait de famille et sa réponse paraît déjà lointaine :

– Plus maintenant. Nous sommes chez mes parents.

C'est pire que ce que je pensais, c'est sa mère.

– Ça veut dire que tu ne vis plus ici ?

Pourtant, il a choisi cet endroit. Pas une garçonnière où les soirées sont bruyantes, les filles nombreuses, non, il a préféré SA maison ! M'emmener dans un appartement quelconque n'aurait pas signifié grand-chose, mais ici c'est différent, ici c'est toute sa vie et je ne suis déjà plus qu'un rêve lointain.

– Il semblerait que je m'y sente mieux que chez moi, me confirme-t-il en parcourant la pièce, comme à la recherche de ce qui pourrait manquer.

Il ne me regarde plus et à contrecœur, j'abandonne son tee-shirt, opte pour une tenue confortable. Je le contemple une dernière fois, j'ai suffisamment retardé son retour, il est temps pour moi de m'éclipser, de le laisser retrouver une existence. Sans un bruit, je me dirige vers la porte.

— Merci de m'avoir rappelé une infime partie de ce qu'est la vie, je souffle avant de fermer les yeux pour imaginer l'endroit qui serait le mieux approprié pour panser mon cœur meurtri.

Des couleurs, de la nature, du silence… Je l'ai ! Vinicunca, une montagne arc-en-ciel dans un Pérou sauvage, j'y suis, mais une main retient mon bras et je sursaute en le découvrant si près de moi.

— Non, Lexie ! Je ne peux pas te laisser partir comme ça, il me faut encore un peu de toi. Je t'en prie, un dernier voyage !

La douleur dans ses yeux gris fait écho à la mienne et je me reproche d'être trop faible pour refuser, de me délecter de la main qu'il me tend.

Il y a tant de lieux que je voudrais lui montrer, tant d'endroits où il pourrait se perdre à mes côtés : la cité de Pétra, les rizières de Bali, les cénotes du Mexique, les roches du Grand Canyon… Nous n'avons plus le temps, je ne sais même pas ce qu'il aime vraiment, j'ignore ce qui est pour lui le plus important. Peut-être ne se souviendra-t-il de rien une fois éveillé ! Dans ce cas, à quoi servirait-il de continuer ? Et si c'était moi qui avais encore besoin de temps ?

— Tu m'en voudrais de réaliser un rêve de midinette ? je l'interroge, malicieuse, tandis que le décor se modifie autour de nous.

Les murs s'écartent, les détails se font plus précieux. Les lustres au plafond sont imposants et scintillants, les fenêtres sont rehaussées de moulures et de dorures, le plancher en bois vernis est impeccablement ciré.

Nous sommes dans la grande salle de bal de Windsor et il rit en m'observant mimer une valse sous un air lent de violon. Ma tenue se transforme à chacun de mes pas, une multitude de soies pourpres virevolte autour de mes chevilles. Je suis une princesse et j'attends mon prince avant de m'endormir pour toujours.

— Tu t'imagines m'effrayer ? raille-t-il en empoignant ma taille pour mieux guider ma danse.

Il porte désormais un costume sombre et je le trouve à tomber. Nous valsons et je me dis que si ça devait être mon dernier souvenir de lui, je serais au paradis. J'aime être dans ses bras, j'aime danser tout contre lui. Soudain, je suis terrifiée de l'oublier, bien plus que de souffrir de son départ.

— Il va bien falloir que je te convainque de rentrer !

Ce qui était censé être une plaisanterie tombe à plat. La douleur s'entend dans ma voix, son sourire s'est envolé. Nous nous dévisageons, je sens la dispute approcher, je me dis que ça serait une bonne idée. Un peu de colère, de brutalité, pour me sentir vivante une dernière fois ! Même la musique se fait plus intense, plus sombre.

— Je ne t'oublierai pas, Lexie, murmure-t-il au lieu de s'emporter.

Il sait que le temps nous est compté, je le sens, il a peur de tout gâcher. Le rythme s'accélère et il en fait de même. Nous virevoltons de plus belle, les yeux dans les yeux. Chaque instant est plus précieux que le précédent, je me nourris de sa chaleur, de ses mots doux…

— Tu devrais, on ne se reverra pas.

Les larmes me brûlent les paupières tandis que lui s'oblige à sourire.

— J'ai envie de croire au destin.

J'aimerais tant y croire aussi, mais même s'il avait raison, si une fois réveillé, il me trouvait, que pense-t-il qu'il arriverait ? Nous ne sommes pas dans un conte de fées, il ne lui suffira pas de m'embrasser pour me ranimer. Même le destin ne peut plus me sauver, alors à contrecœur, je le reconduis à sa chambre, je nous déshabille sans un mot et je murmure :

— S'il te plaît, fais-moi l'amour avant de t'en aller.

Je pensais qu'il protesterait, qu'il me reprocherait de décider pour lui, il se contente de me contempler. Mon corps nu est à lui, ma peau frémit sous son regard insistant. Tendrement, il m'allonge sur le lit, il fait peser son poids sur moi. Ses baisers sont plus doux que chacun de ses gestes, sa lenteur est délicieuse, il prend son temps comme s'il voulait que cet instant dur éternellement.

19
Lexie

David s'est assoupi et j'ai sombré avec lui. Ça ne m'était plus arrivé depuis si longtemps que j'ai oublié un instant qu'il était sur le point de me quitter. Entre ses bras puissants, j'étais au paradis et j'ai cru que c'était enfin permanent. Puis, j'ai ouvert les yeux et j'ai découvert son visage endormi si près du mien. Dire que je pensais qu'il suffisait qu'il cesse de lutter pour retrouver son existence ! Je recommence à culpabiliser d'avoir trop longtemps alimenté le rêve.

Son souffle est régulier, sa respiration est profonde et je le contemple en me disant que ça ne saurait tarder. Peut-être faut-il juste de la distance entre nous ? Peut-être que ma présence le retient ?

À contrecœur, je m'extirpe des draps, ignore mon envie de rester avec lui. Chaque geste est douloureux, chaque pas loin de son corps me demande plus d'effort. Je m'oblige à me retourner, c'est plus facile de ne pas le regarder. En silence, je fouille sa commode et opte pour l'une de ses chemises. Un dernier souvenir avant de m'éloigner.

J'observe les flammes dessinées sur son mur, je me demande si c'est lui qui les a réalisées, je parcours des yeux les maquettes de gros pick-up sur son étagère, hésite à m'aventurer dans les autres pièces de la maison. Je voudrais être encore là quand il s'en ira.

Soudain, tout son corps s'agite violemment comme sous l'effet d'un électrochoc et je me fige. Il ouvre les yeux brusquement, se redresse, avant de me fixer, horrifié.

— Ils me réveillent, murmure-t-il en se précipitant sur moi comme s'il suffisait qu'il me serre fort pour m'emporter avec lui.

Je hais l'idée qu'il résiste, qu'il se batte pour rester dans un monde qui n'existe pas, un lieu où l'on ne peut y attendre que la mort. Doucement, je retire ses bras de mon corps, puis je prends son visage maintenant translucide entre mes mains, ignorant le contact devenu si ténu, la douleur si présente dans ma poitrine.

— Je t'en prie, ne lutte pas, je ne souhaite pas que tu te condamnes pour moi, je ne veux pas avoir à me reprocher de t'avoir privé d'une vie. S'il te plaît, rentre chez toi, oublie-moi, profite de cette vie que je n'aurai jamais et ne perds pas ton temps à me chercher. Je ne serai pas là où tu croiras me voir, j'ai enfin compris que Lucas n'a pas renoncé, il a juste accepté, il est temps pour moi d'en faire autant. David, tu m'as sauvée, n'en doute pas, simplement, je ne rentrerai pas avec toi.

Chaque mot est une torture, mais je tente de ne rien laisser paraître, d'avoir l'air sûre de moi, j'aurai tout le loisir de m'effondrer lorsqu'il ne sera plus là. Il a déjà presque disparu et je dois me faire violence pour ne pas le retenir. Encore un effort et il sera parti. Je sens que la réalité le rattrape, l'emporte, l'engloutit, qu'il doit se concentrer pour être à mes côtés.

— Non, Lexie, non ! N'abandonne pas, je t'en supplie ! Je suis sûr qu'il n'est pas trop tard, tu peux le faire, tu peux revenir, tu dois juste…

Il n'a pas le temps de terminer sa phrase, de m'embrasser, de me toucher une dernière fois, il est rentré chez lui et plus rien ne me retient ici.

Sans lui, le froid s'intensifie, la chambre autour de moi s'efface. J'attends la lumière, le messager pour me guider. Mon cœur meurtri a cessé de battre, mes poumons protestent, je ferme les yeux, repousse les larmes, les cris que tout mon corps réclame… Soudain, la glace se mue en feu ardent, tout devient rouge, brûlant… la fin est enfin là.

À suivre…

Retrouvez l'auteur sur ses réseaux sociaux :
https://janedevreaux.fr/
https://www.facebook.com/JaneDevreaux/
https://twitter.com/Jane_Devreaux
https://www.instagram.com/jane.devreaux/
https://www.wattpad.com/user/JaneDevreaux

Il ne l'a jamais rencontrée, pourtant, il ne pourra plus l'oublier.
Épisode 2
La vie sans elle
LET ME DREAM
Jane Devreaux

Et si le sauver signifiait aussi se perdre.
Épisode 3
Le cauchemar
LET ME DREAM
Jane Devreaux

OLIVER 1
CLOSE-UP
JANE DEVREAUX

SANDRE 2
CLOSE-UP
JANE DEVREAUX

JOSH 3
CLOSE-UP
JANE DEVREAUX

STEVE 4
CLOSE-UP
JANE DEVREAUX

MELANIE 5
CLOSE-UP
JANE DEVREAUX

BOBY 6
CLOSE-UP
JANE DEVREAUX

DIEGO 7
CLOSE-UP
JANE DEVREAUX

COLIN 8
CLOSE-UP
JANE DEVREAUX

« Elle est l'espoir au milieu du néant,
le soleil dans l'obscurité, la drogue
que je rêverais de goûter. »

« La vie est une leçon dont on ne comprend pas toujours le sens caché »

« TOUT EST PERDU, UNE INFIME PART DE MON CŒUR S'EST BRISÉ, AINSI QUE CE PETIT BOUT D'ÂME QUE J'AI REFUSÉ DE LUI DONNER. »